單讀 One-way Street

表演者

陆茵茵 著

上海文艺出版社　單向空間

目录

001　母亲说
025　安迪哇猴儿
049　纸牌
075　表演者
097　SUCK U
119　金
145　地下室
169　心之碎片
193　去杜莎夫人蜡像馆
223　大都会
245　三年级
285　那个叫heeeer的人

母亲说

"妈,你的。"她把母亲的盒饭递给她。

母亲接过去,掀开塑料盖,用筷尖拨掉覆在卷心菜上的两块肉。"肉不多。"下了结论。

她们坐在更衣室吃。周围来来去去裹着贴身小礼服,面孔化得煞白的年轻女孩。母亲留意她们,猜是舞蹈队过来跳芭蕾舞的,还是另外几个女嘉宾。

"这个好看的,"母亲压低手,点点斜后方,"眼睛涂得跟妖精一样。"

她没说话,只顾自己吃。盒饭有东坡肉和基围虾两种,前几天公司体检,她查出桥本甲状腺炎,医生叮嘱要多休息,别碰海鲜,就选了东坡肉。

"肉也好一点,"母亲说,"虾要定定心心吃,剥得手指头油叽叽,不舒服。"

她就着饭把肉扫进嘴里。还有用咖喱粉烧的土豆,小时候在母亲单位吃惯了,食堂的味道。说不出好吃难吃,能填饱肚子,仅仅满足实用功能的食物。

"吃慢点,嘴上已经都是油了。"母亲说。

"我待会儿会重化妆的。"她抬抬眼皮。

"我的意思是你今天别吃了,饭什么时候不能吃,吃得肚胖气涨,马上话也讲不出。"

"怎么可能话讲不出?"像要报复,她又往嘴里塞两块土豆。

"我是差不多了。"母亲把肉和一小团米饭吃完,多余的菜填进米饭原先的凹槽里,看上去又是新的一盒。母亲抿嘴笑笑,敲敲盒子边,"像不像人家吃大闸蟹,吃好了还是一只?"

她瞄瞄钟,十二点半。马老师说一点正式开始。但最早不是他们,要等街道舞蹈队穿红旗袍的老阿姨和舞蹈学校请来的女学生尬完舞,朗诵小组的爷爷奶奶中气十

表演者

足抒过情,主持人把这次要表彰的先进居民都念完了,才轮到他们上台。

她再吞最后一口,把饭盒扔进塑料袋,打一个大结推到桌边,开始对着镜子补妆。

"喝口水,"母亲拧开保温杯,"牙齿上粘的都是菜叶子,难看死了。"

她漱漱口,没地方吐,忽然灵机一动,鼓起嘴巴对准母亲。喉咙口发出咕噜噜泡沫翻涌的声音,快喷出来,又咽下去。母亲伸出手作势要打她,恶不恶心!扫视两旁,看有谁正好看见,难堪得想把他们的眼珠子挖掉。她前仰后合,故意在母亲面前笑得疯疯癫癫。

"小棺材,"母亲说,"你就跟我作对吧。"

她回到一张严肃的脸,对着镜子张开嘴,检查牙缝里还嵌着什么。没有。她转过头,骄傲地把一口干净的牙齿展示给母亲。做过全瓷牙的几颗特别白,这属于美容而非修复范畴,不能报销,花了她一两万,都不敢说。

"好好化,"母亲说,"几岁了,马上就要结婚了,还跟小孩子没两样。"

谁马上要结婚?她简直好笑。自从上个月答应来相亲,母亲就开始做白日梦。"这个活动是区里办的,肯定牢靠一点,来的人都是知根知底的。"每天在她耳朵边上念经,"家也住得近,你以后搬出去了,还是一个区。"

母亲边说她边翻白眼,嘲笑她自欺欺人竟然到这个地步。说好的,只是上个场,出席一下,谁都别当真。她真的觉得自己嫁不掉的女儿可以在一个草率的区颁奖大会兼相亲大会上找到另一半?

她真的觉得。活动两周前,就拉着她去买衣服。她说不用,柜子里那么多,随便穿一件。"你那些太中性了,"母亲说,"又剃了个短头发,不介绍人家都分不清你是男是女。"

这未免太夸张。她已经三四年没逛过街,全都网购。和母亲出去,想起上中学时过春节,每年都要去全市最大的时装公司买一套新行头。该在她身上花钱的当口,母亲从来不心疼,自己不买,一件黑灰色呢子大衣穿了七八个冬天。这次又穿来了,戴一条丝巾,提亮点颜色。"我老太婆了,穿不出来,你小姑娘,多穿穿。"

但也没几年小姑娘好当了。她三十岁,母亲如临大敌。"主持人问你多大就说二十九,现在人都讲周岁,没有谁那么傻,会把虚岁报上去。"

最终衣服没买成。她看中一件墨绿色衬衫,胸口印一串数字。"不好看,"母亲皱皱眉,"像麻将牌。"换白色卫衣,手臂上两根蓝条。"这种衣服要它做什么?软趴趴的，又不是上体育课。"

她不知道母亲喜欢什么，把她打扮成哪种她不是的样貌才满意。她甩手不逛了，买了杯奶茶，吸光每一颗珍珠就回家了。翻出一件不常穿的淡紫色薄毛衣，配咖啡色灯芯绒短裙，母亲的眼神不再戒备，"总算有点女孩子的样子。"

如今，她就套着这身衣服站在更衣室里。马老师发给她一块圆形数字牌，让她别在左胸。薄毛衣软，数字牌耷拉下来，掉到乳头的位置。她忍不住笑起来。母亲没发觉，还在观察她的竞争者们，有长辈作陪的应该也是来相亲。她是五号，据说总共五个女嘉宾。她解开数字牌背后的别针，往上提，透过毛衣缝扎到吊带衫的细肩带上去。别稳了，给自己涂口红，用裸色，母亲说，"我看着像没涂，谁能注意到你。"用大红，母亲说，"谢谢你了，刚吸过血一样。"只好换了粉红。

马老师风风火火冲进来，一挥手，把女嘉宾集中起来。谜底终于揭晓了，五个不同装扮的女孩子从更衣室四角纷纷站起，在门口围了一小圈。她看见母亲盯住其中一个穿长礼服的，知道她脑子里在转什么。这一身也太隆重了，母亲担心她被比下去，长礼服的裹胸亮晶晶，蓬松的裙摆像柔软的云向四周散开。"破坏游戏规则，"她想象母亲从观众堆里跳出来,"马老师不是关照过,穿生活装就可以了吗?你弄得这么正式,对别的女嘉宾不公平。"她心里肯定有一个角落在后悔,没有帮女儿耍点小聪明,破坏一次规则。你真的穿来了,谁会让你剥下来?她们还是太老实,长礼服看起来就是高级。

好在她抬起了头,那个公主般的女孩,把一张化浓妆的脸正对母亲。母亲的表情立刻松弛了,长得不行,包在再贵的衣服里也是白搭。现在母亲放心地坐定在更衣室简陋的圆椅子上,和别的母亲们一起,听马老师怎么说。

"再过半个钟头就该你们上场了,想上厕所的赶快去!没化好妆的抓紧化!"马老师拍拍手,"别让我到时候找不到人,找不到人我要六亲不认的知道吧?"大家说知道知道,虽然不明白她指的六亲不认是什么。"上场以后从小到大按号码排开,听麦克风引导,主持人会介绍男女嘉宾的。"说到这里,马老师把目光从女孩子身上移开,扩到外围去寻找和她们一个模子里刻出来,但比她们干瘪苍老一倍的母亲们,"妈妈们都到了吗?你们也不要跑掉噢,都坐在第一排,主持人会来提问的,好吧?"

所有人乖乖垂着头,答了声好的。马老师心急火燎冲出去,又回过身捏捏小公主的裙子,丢下一句,"漂亮的，漂亮的。"

母亲的脸色比刚才紧张，把她捉到墙壁边上，箍拢双臂推进光里，找找还有什么瑕疵。她嘟起嘴瞪大眼睛，装出一副放任自流痴痴呆呆的样子，让自己浸泡在母亲的审视中。"正常点！"母亲拉拉她，"你有什么不正常的趁现在放放电，等一下上台了别给我这副怪样子。"

她种种戏剧化的行为，在母亲看来统称不正常。母亲有一套严密的行事逻辑，在她的世界里，正常是有明确的标准的。她小时候跟母亲较真，反对、争执、叛逆、逃逸，高中时互相不说话长达七个月。后来不知怎么学会了一种应对的策略，就给她装傻充愣。母亲有那套僵化的正常，她就有相应的非正常。非正常不是不正常，她摸索母亲正常的边缘，打擦边球，用开玩笑的方式在疆界两边跳来跳去。母亲不能把她钉在不正常的耻辱柱上，就只好骂她不正经，不正经没关系，不正经不是不正常。只有这样她们才能看似和谐地相处下去。她已经明白了，她没办法说服母亲，母亲也说服不了她。如果认真起来，一切都是矛盾。

像这次相亲，她可以让步的是丢脸上台，抛下面子，不管台下无数双带着笑意伪装热心的闲眼里会不会有她同学同事前男友的。但不能和母亲讲她真实的婚恋观。

都三十岁了，谈过几次恋爱，她不再相信世间唯一的婚姻神话。那都是骗小孩的。她现在觉得，人只有自己，把自己过好，能遇到是锦上添花，遇不到也不算缺憾。别把双方逼入绝境，好聚好散，在爱情之上还有人性。

母亲不可能同意，甚至不能理解，不会允许她带着如此思想的毒瘤行走于每一天。她想想好笑，大一时交的男朋友李子建，无辜的小李，用自行车载她回学校的路上被母亲兜个正着。"汪倩你翅膀长硬了是不是！"小李不知道母亲说什么，涨红了脸，母亲也第一次撞见她谈恋爱，却不能斥为早恋，心里的担忧憋在嘴边无法表达，快气炸了。

她懂得母亲的意思，牵牵手亲亲嘴都无所谓，但不许进一步。她想的无非是这些。她后来新交的男朋友都没有告诉母亲，两个中国人，一个老外，所以母亲至今锁定小李，骂她不自重，"白白让他吃了一顿自助餐。"

头脑里装着这些乱七八糟的东西，怎么可能获得心的平静？她可怜母亲，但不再正面对抗。别把精力浪费在互相折磨与消耗上。

到点了，幕布拉起来，撤下诗朗诵用到的乐谱架，往上换座椅。母亲们被领到第一排，和在走廊外面抽烟归来的丈夫们夹花站着，坐到颁奖时区领导亲临过的贵宾席。她从幕布一侧朝底下偷看，隐约望见母亲抹了抹衣服，独自一人，跻身那群老头儿老太太正中间。再寻常的活动，只要平地起一座高台，光一打，人就把它当一回事。

主持人说话了，开始逐个介绍嘉宾。排位靠前的女孩们挺胸抬头，像被传送带运输出去的精装礼盒，一个个抖擞精神，用紧致而轻盈的脚步往舞台上走。说到她了。她听见自己化成标签，经过咀嚼，被人用浮夸的语气吐出来。名牌大学毕业，211、985，在500强企业做业务经理，管理四个人的小团队。她第一次发现，自己的履历里有这么多数字，它们超越了字面意义，跃升到社会阶级的层面，往她脸上贴金。应该做个PPT推销一下她这个人，职业习惯，她眼前幻化出一张激昂的页面，数字被整齐、显眼地罗列，她的业绩就藏在这些颠来倒去的曲线里。主持人喊了她的名字，她吸口气，在礼节性的掌声中展开微笑，穿越黑暗，踏入光明。一边提醒自己调整面部肌肉，收起那种会让母亲不高兴的奚落的表情。

一站上台，顿觉昏沉，舞台下方糅成混沌的一片，什么都看不清。迎接她的是九张被占满的椅子，还有一张空着。主持人请她落座，念起她们填了好几天的报名表里有关性格的描述。

"五号女嘉宾汪倩，今年二十九岁，是一位温文尔雅、知书达理的女性。"——这句是母亲写的，相当于什么都没写。她看过之后，在女性前面加了现代两个字，被母亲划掉。

"现代女性？什么意思，好像在强调你不顾家。"母亲说。

"不是啊，就是说我很独立，不会成为男嘉宾的负担。"

"意思是你来养家？"

"自己养自己。"

"那还结什么婚？结婚就是古代的，你现代你就单身。"母亲又划了两下，还不解气，在现代四周打了个框，涂成一个浓黑的方块。"你看看，都被你弄脏了。"变魔术一样，又从包里掏出一张报名表，一字一句重新写起来。

"汪倩的兴趣爱好是运动和阅读，喜欢读世界名著、家政类的书。动如脱兔，静如处子，她相信动静结合是最好的生活哲学。"——她闭紧双唇，友善地点点头，感觉主持人描述的这个人跟她不熟。如果让她自己写，她会写"性格乖戾，阴晴不定，总在不该笑的时候笑，不该哭的时候哭"。等等，家政类的书是怎么回事？这个短语从回忆里泛上来，抓取她的注意力。她渐渐适应了台下的昏暗，努力搜寻母亲的脸。"谁让你书架上有本《管家》？"

母亲会这样说。"是的,还有《我曾侍候过英国国王》。"她会回答。

"汪倩理想中的伴侣,能和她共享生活的甜酸苦辣。"——她心里一颤,说出甜酸苦辣,母亲似乎进步了,不再闭目塞听,假装婚姻里只有好的一面。但再往下读,又变了味道,不是她以为的那个意思——"成功时共同分享,失败时共同分担,两个人齐心协力,在家庭这条小船上同舟共济,不抛弃,不放弃。"

观众掌声轰鸣,上了贼船下不来的中年夫妻鼓得特别起劲。而她在心里冷笑,哈。她完全清楚母亲在说什么,也听出了那些话影射的情形与人。语言真是可笑,包装在深明大义的表层底下,是深深的怨怼与不平。十几年了,母亲还是没有放过爸爸。她在众目睽睽之下,用一种隐蔽的方式谴责他抛弃了她,偷偷泅渡到道德正确的那一方,站在岸上,想用扭曲的话语把爸爸溺死。

爸爸已经溺死了。她在心中默念,妈妈你何必呢。

父亲去世之后,母亲带她出殡。她十二岁,不敢看木头箱子里装着的那个塑料般的人。母亲像石柱一样站着,心事重重,在水泥地上踏出两块永恒的坑洞——那天下了雨。她研究母亲的脚印,和其他哭哭啼啼的亲戚错落的脚印一起,铺满了礼堂空阔的地面。里头没有那个女人的。她当时不知道，长大后听亲戚说的，你妈妈守住了最后的尊严。丈夫就是丈夫，死的时候，只有妻子有资格为他送终。

十八岁前，她慑于母亲的魄力，想象那是个庄严而充满力量的场面。成年以后，经历了更复杂的人事，在她新形成的价值观里就只剩下三个字，多可悲。

抓不住他的心，就抓肉身，抓不住肉身，就抓尸体。母亲所谓的爱和家庭，不就是这么回事？

"让我们来问一问五号女嘉宾。"主持人冷不防走近，把话筒伸到她的面前。她还陷在自己的思绪里，来不及反应，被问题劈头砸到，脑中一片空白。她环顾左右，向旁人求助，她们礼貌地将笑容冻结在脸上。她望向对面，五位男嘉宾，齐刷刷面无表情回望着她。就在这惊愕的间歇，她竟然还匀出一秒钟不可思议地想，也不是完全没有可能，他们中的一个将在今后几十年陪伴着她，每天一起起床、上班、吃饭、睡觉……如同捕捉到了这个信号，不早不晚，一号在这时抚慰性地朝她笑了笑。

她抓住救命稻草，指指他，"我看他好像有话要说。"

"哈哈，"主持人立马接茬，"原来你中意一号男嘉宾这种类型。他确实一表人才，我们刚刚介绍过了，一号男嘉宾王贺宇是从英国留学归来的硕士，目前正处于毕业后的间隔年，在世界各地游历，预计从明年开始正式工作。你们的年龄也差不多哦，王贺宇今年二十八岁。"

她感应到从暗处袭来一股敌意，是母亲在摇头，轻轻地，然而坚定地摇头。只有她能辨认出母亲细微的肢体语言，在逢年过节的家宴上，在营业员拼命推销把她夸上天的热络里，母亲会退后一步，隐入背景，默默地摇一摇头，把所有空气都冷却了。

她轻快地调转脸，不看。不妨把今天当成一场游戏。既然来了，为什么不在这五个选项中挑一挑呢。主持人会错意把他们配成对的一号男嘉宾扎一个辫子，二号看起来有些油腻，三号太瘦，四号戴一副粗框眼镜，五号像那种踢他一脚大气不敢出的受气包，窝着两只手含胸陷进座位里。哪个有潜力成为她的终身伴侣？

主持人模仿电视里的相亲节目，让他们你来我往，互相提问。穿礼服的二号女嘉宾被问到四次。她准备了一个基础问题，"请问男嘉宾，你们最在意人身上的什么品质？"她没说女生，而只说人，品质应该不分性别吧。"你想问谁？"主持人说。"五个，所有，全部。"

他们依次接过话筒，几乎不想，就快速报出了答案。五号男嘉宾说，成熟，有担当。四号男嘉宾，对家庭和社会的责任。三号，忠诚。二号，爱心。一号男嘉宾犹豫了一下,诚实。

她笑了,在心里反问,是真的吗?这些答案都经过你们的思考和检视了吗?真正的忠诚可能等同于愚昧,真正的爱心首先要抛弃自私,真正的诚实如扎入皮囊的利剑,你们受得了吗?

也有两个问题抛向了她。"你计划几岁结婚?"发问的是五号男嘉宾。

随便,她的第一反应。但没有说出口。为母亲而来,那就做戏做到底,她不能失去自己,也不那么任性,奢望在母亲在场的时候完全做自己。她找到的共存法门,是做一点点自己,在正轨与脱轨之间来回摆荡,不掉入任何极端。

因此她笑笑,含混地敷衍过去,"看感情发展。"

一号男嘉宾问,"你喜不喜欢旅行?如果有充足的资金和假期,你会去哪里?"

"喜欢,"这倒是脱口而出,"我可能会选冰岛。"

"为什么?"

"虽然我很怕冷,但我想看极光。在我的幻想里,那是一种不属于地球的色彩。就像……掠影。宇宙中迁徙的光恰好在那个瞬间途经地球,像影子一样从我们头顶掠过。"

"物理上不是这样。"一号男嘉宾说。

"我知道不是。"她回答。

"不过,我不怕冷。"一号男嘉宾又说。

主持人接过话筒,"嘉宾们聊得都很投机呀。我想大家也看出来了,随着活动的进行,这十位男女嘉宾之间好像隐隐地牵起了红线。让我们来猜一猜,谁和谁有缘牵手呢?"

台下一二三四地喊起来。

"我感受到你们的热情了。但是,你说不管用,我说不管用,关键还是看他们自己怎么说,以及,来现场支援他们的爸爸妈妈怎么说。"主持人走下舞台,亲民地进入观众席,把话筒举到第一排瑟瑟缩缩欲言又止的家长手边。

"请问这位阿姨,您是几号嘉宾的后援团?"

"我是五号男嘉宾郭浩磊的妈妈。"

"郭妈妈您好!您有什么话要对女嘉宾说吗?来给儿子拉拉票!"

"我想说,各位女嘉宾,尤其是美丽大方的二号女嘉宾,我们磊磊是一个非常优秀的大男孩。他为人老实本分,做事谨慎可靠,从小到大,无论是学校的老师还是单位的领导,和他合作过的人都是竖大拇指的。如果你找到了磊磊，我们全家都会对你好，支持你们在一年内赶快结婚，生一个可爱的宝宝。相信我，选择磊磊这只绩优股，你的下半生一定会非常幸福。"

"谢谢阿姨！可怜天下父母心，为了孩子的婚事，看来您是全家出动，大力支持。女嘉宾们千万要参考阿姨说的话，把握好下半生的幸福！"主持人朝中间移动，"请问您是哪位嘉宾的妈妈？"

她看见母亲站起来，一束光追到她身上，把黑灰的大衣照得泛出淡淡的白。她猜母亲会感觉拘束，不敢开口，原本就不是自来熟的性格。就算是她，心里根本无所谓的，在声音被功放扩到全场的时候还是会稍稍有点吃惊。这是我在说话，说了什么，下一秒怎么说？因为注意而变得审慎，分不清扬声器里的自己和座位上的自己孰虚孰实。她屏住呼吸，歪过头看着母亲，舌头不自觉地抵住了下排右侧一颗不平整的牙齿。出乎意料的是，母亲异常镇定，主动握过主持人手里的话筒，酝酿出一种她不熟悉的圆润的嗓音，沉着地为她打广告。

"大家好，我是五号女嘉宾汪倩的母亲。我的女儿汪倩和别的孩子不太一样，她心地非常善良，小小年纪，就经历过生活的磨难和打击，所以特别懂事。"

她吐吐舌头，不知道母亲接下来要说什么。

母亲换上一种悠悠的语调,"她爸爸是改革开放以后第一批下海经商的个体户,今天在座有很多我的同龄人,相信你们听到这个词会特别有感触。一开始做生意不容易,寒冬酷暑,没日没夜,最要命的是心里没底,害怕政策第二天就变。好在随着我们的努力,物质条件越来越好,也迎来了一个新生命,就是我们的小天使汪倩,一家三口生活得非常幸福。直到1999年夏天,有人来我家敲门,带来了一个噩耗。"

听到1999,她脊背发凉。怎么把这个拿出来说。心里升起一股反感,像高考写作文,一碰到记叙文就把家里人写病写残,博同情分。即使是真的,也是利用,无论最终抵达哪里,因为利用就动机可疑。

"那是一个大热天,她爸爸去河里游泳,溺水死了,送到医院人已经没了。上天就这么突然地夺走了我们完整的家。我哭天天不应,哭地地不灵,从此倩倩就成了没爸的孩子。"母亲极其自然地转换成半哑的哭腔,用手指擦拭眼角。

全场坠入一种怪异的氛围。观众席黯淡了,母亲像一块光斑被强硬地凸显出来。男嘉宾微张着嘴,身体姿态变得谦和,仿佛从远处无声地为她递送柔情。女嘉宾陆续起身,到舞台角落的小茶几上抽纸巾。主持人也一改亢奋的口吻，褪色成一位平和的朋友，鼓励母亲继续说下去。

"那个时候，我真正体会到了什么叫作晴天霹雳。我自己不算什么，苦一点没关系，但不能让孩子有一个缺憾的童年。她爸爸不在了，断了经济来源，我原来的单位又不景气。我思前想后，好几天睡不着，最后一咬牙，决定接替她爸爸，靠自己的双手做起小生意。"

这她是记得的。母亲续租了父亲在市场的摊位，分租一半给小刘阿姨，两个人合伙卖日韩进口的文具。到她上中学，摊位升级成小店，有了挡风的玻璃门，圣诞节她们会在玻璃门上贴缤纷的雪花。

"日子过得紧巴巴的，但我从不跟任何人说。回想我出嫁以前，那个年代，尽管大家条件都差不多，但我父亲是厂子里的干部，工资很高，我们兄弟姐妹从没有吃过苦。个个穿的确良衬衫，戴上海牌手表，家里还有海外关系，可以说左邻右里人人羡慕。"

……撒谎！她忽然从迷雾中清醒过来，竖起耳朵，分辨母亲在讲什么。滚滚而出的语言屏障，精心织就，掩人耳目，让你抓不住明显的破绽。像擅用障眼法的魔术师，长于耍手段的说书人，母亲踏在冰面，碎步如飞，蓄意略过了浮冰之下潜藏着的千疮百孔。上天是夺走了他们的家，但这个家哪里完整。爸爸陪谁去游泳的，谁把他送到医院，母亲不记得了？外公工资确实不低，但"光荣妈妈"六个孩子，除了两个舅舅，谁都分不到那么多。母亲不是锦衣玉食糖水里泡大的娇小姐，她当初刚恋爱就催爸爸结婚，就是想找个头脑灵活的小伙子带她逃离小时候拥挤的家。

她往后一靠，身体懈怠下来，面色晦暗了，从心底浮起一层凉意。

母亲的语速也放缓了，"这惊涛骇浪，倩倩是和我一起过来的，她练就了一颗年轻人少有的强韧的心。今天在这里，我不向你们夸耀我的女儿多漂亮，多能干，只想说说她在遇到人生波折时多冷静，多懂事。她会是男嘉宾最好的伴侣，坚强的后盾，将来也会是最棒的母亲。作为培育她的妈妈，我比任何人都期盼她能拥有一个美好的未来，有自己的家庭，疼她的爱人，两个人携手相伴，长长久久。"

场内爆发出激烈的掌声。主持人的感慨有了依托，攀着母亲的寄语循环往复，号召大家感恩人世间最伟大、最无私的母爱。

"实在太感谢汪倩妈妈，带给我们这样一个感人至深的故事。我敢说每一位有幸聆听您故事的人，都会被您无私的母爱和汪倩从您身上继承的独立、自强的精神打动。我想问问您，不知道我们现场的男嘉宾里，有哪位能入得了您的法眼？"

母亲含蓄地笑笑，两手握住话筒，在肩部架起一座小山。这个姿势，与其说像在讲话，更像祈祷。"我最欣赏四号男嘉宾和他的家庭。四号男嘉宾是医生，和他一起生活一定很有安全感，头疼脑热都不用担心，将来宝宝的健康也有保障。从另一个角度说，四号男嘉宾能有这么出色的职业，也说明他是一个积极上进、正能量的好男孩，放到阿姨年轻时，绝对不会错过这么理想的人选。不过岁月不饶人，哈哈，阿姨希望你多多关注五号汪倩，我看好你们哟。"

母亲说，哟。一个习惯板着脸的人，难得动用她锁在全身不知哪个角落早已生锈的幽默感，用得如此僵硬。她低下头。四号男嘉宾欠了欠身，还母亲一个微笑。

余下二十分钟，她沉浸在一种肃穆的愤怒里，什么都不想说。除非主持人把话筒塞过来，才勉强吐几个字。母亲触到了她的底线。主持人让他们在白纸上写，心仪的另一半是谁。她脱开笔帽，静止了一会儿，想直接留一片白。但记起母亲在聚光灯下诚恳的脸，观众的认同和赞许，就粗暴地用马克笔涂出一个大大的1。

不巧，一号男嘉宾王贺宇没写她。竖起的白纸中央画着一枚孱弱的2。他的手指纤细，附在纸的边缘，和纸融为一体，在空气中微微颤动，仿佛池水里托出一只游动的鹅。五号男嘉宾写了她。四号在她和三号之间无法抉择，保留了两个不确定的数字，各占据纸的一边。他们如同交错的线，穿过彼此，延伸到舞台以外，无法预期的生活里去。

"大家表现都不错，"返回更衣室，马老师招呼她们，"几位妈妈说得也格外好。这次辛苦了，有一对男女嘉宾牵手成功，希望你们回去以后保持联系，马老师等你们的好消息。没成功的也不要气馁，就当交个朋友，发发微信，说不定时间长了就看对眼了，是不是？"大家都笑起来。

二号女嘉宾脱下长礼服，用事先准备好的衣架挂在全身镜上。换上藏蓝的毛衣，小脚裤，薄羽绒服，一双肥厚的雪地靴。卸除了晶莹的铠甲，看起来也是一个普普通通的人。

他们挤在一部小电梯里，下楼出门。"叫个车吧。"母亲说。她诧异地望着她。平时母亲从不打车，觉得是什么都买不到的浪费。但今天有人注视她们，或者，只在她臆想中的，四号男嘉宾关切的眼神尾随她们坐上出租车，压过绵延的马路，七拐八弯，绕进她家那个破旧的小区。

"没想到你到头来还选一号，"母亲一屁股跌进车里，失望地说，"我一直在下面给你使眼色，看不懂吗？那个一号有什么好，正经工作都没有。还说明年开始上班，现在工作不好找，一听就是想啃老，随口说说不负责任的。用老话说这就是浪荡子，跟了这样的男孩子，一辈子有你的苦好吃。"

突然间，她再也无法忍受，转头逼视母亲。母亲半明半暗中的脸，被她紧迫的目光灼烧着，现出一丝惶惑和惯常的忧惧。那束光又回来了，打在她们头顶，一切都消失退隐，沉默的司机，焦躁的情绪，窗外的车流，流光溢彩的街道……车厢蜕变为灵魂拷问的剧场，和只有真实者才能存活的擂台。一个声音怂恿她，轮到你出拳了！一股巨大的怒火推动着她，对母亲掷出下面这个残忍的问题。

"别抱怨了！还不够吗？"

"什么？"母亲愣住了，但不打算停，蠕动着嘴角还想继续说些什么。

"难道你还不满意？光看你一个人表演了！"

母亲的面部抽搐了一下，手抓紧包，放低声问她，

"你在说什么?"

有更狠、更冷冰冰的句子在她喉咙里等着她。比如,四号男嘉宾和我爸你欣赏谁?比如,你一个大小姐怎么下嫁给百货商店售货员?比如,你口口声声让人羡慕的海外关系我他妈怎么没见过?

沸腾的恶意蓄积成翻滚的雷电,刚想冲出来,去碾压此刻面前胆小如鼠的母亲,碾压她干裂发紫的嘴唇,皱缩的手,花白稀疏的头发,碾压那颗小小却沉重的心脏里膨胀的、自私的、不自知的谎言,却戛然而止了。

她看见母亲戴在黑灰色外套里面,用来点睛的那根丝巾。金黄,宝蓝,朱红。是她考上重点高中那年,母亲特意去外贸小店买的,为出席她的家长会。"不让同学瞧不起你。"母亲当时说。这是她唯一一根丝巾。她有两条替换的围巾,冬天御寒用的,但丝巾只有这一条。丝巾是装饰品,上升到审美的高度,在母亲的世界里,是和日常生活没有关系的、奢侈的无用之物。

她回转脸,眼角湿了,把自己藏进出租车狭窄的后座。想到母亲这一生,生活中都是实用的东西,付出的所有努力不过为了在他人或自己的眼睛里体面地活下去。她没有无用之物,纯粹为了美观,昂贵却令人惬意,对她来说,无用等于浪费。她欠缺可浪费的资源,生活不允许她。在不开店的日子里,做完家务,靠在沙发上晒晒太阳,已经是最大的享受了。

"你想说什么?"停顿之后,母亲的声音松软下来。

"没什么,"她压抑自己,"那个四号,做医生的,我加了他的微信。"

"唉,"母亲叹了口气,听不出这样是不是合她心意,"如果你真的不喜欢,就算了。"

"都是命。"她接口说。

"小小年纪信什么命。"母亲说。

"都是命,妈。"她柔和地补充了一句。

2019年

安迪哇猴儿

甲鱼把兼职广告发给熙熙的时候,她刚洗完澡,脸上贴着面膜,在刷视频。春天到了,宿舍外面的玉兰树长出小芽,美妆博主纷纷更新,"春季好物分享""本月爱用品""新鲜少女妆容""开年不可错过的五支口红"。种草太多。熙熙快进,不听她们废话,只看每件单品的效果和色号,喜欢的扔进购物车。已经满了。想删掉一些感觉一般的,找不出来,在还没拥有之前,每一件看起来都让她心动。

就是缺钱。妈妈每个月给一千五，吃饭，买书，和朋友出去玩，能用在衣服和化妆品上的只剩几百。熙熙不是那种，积少成多把钱省下来买一个大件的人，她喜欢的东西，立刻就要，而且琐琐碎碎要一大堆。每次在床上拆快递，都有一种十分纯粹的雀跃，琳琅满目的小东西从一只只小盒子里蹦出来，环绕着她，让她体会到一瞬间切实的满足。谁说物质是虚幻的，没什么比物质更实在。你看这支卡拉泡泡裸金色唇釉，盖子是银的，瓶身透明，膏体像浓郁的鎏金安安静静锁闭在纤细的管道里。旋开时会有"哔"一声轻响，刷头像毛茸茸的松鼠尾巴，敦厚又调皮。和任何颜色叠加它都能赋予它们新的生命，救了她一支过紫的紫色，和一支深酒红。抿一抿嘴唇，从唇峰到嘴角都在闪光，告诉你"我不一样，有很多隐而不宣的秘密"，像自己调制的人鱼姬。从拥有它那天算起，熙熙对它的爱没有止息，快乐是无法用金钱衡量的，而这只唇釉，官网只卖六美元。

这简直是最划算的爱，廉价，稳定，源源不绝。所以，为什么不。

熙熙做过的兼职不下二十种。初中暑假，她跑到家附近的麦当劳想要打工。店员问她要身份证，拒绝未成年。不就是十八岁，她还没到，她不服气。年龄是最不值得骄傲的东西，每当爸爸没牌打闲闲坐在家里，差妈妈热黄酒，对她们挑刺，"我吃过的盐比你们吃过的饭还多"，熙熙就在心里鄙视他，但不和他顶嘴。他不上网，不看新闻，不玩游戏，他们根本活在两个世界。不需要靠顶嘴来证明什么，妈妈已经吃亏够多。她静静坐着，任他讲，把手机藏在桌子底下刷微信。你根本不懂我，我也不想你懂。不过就是长大，谁都会长大的。

高中开始兼职就很顺利。熙熙做过啤酒小姐，在超市卖酸奶，围一个围裙剪泡椒凤爪给顾客试吃。情人节到花店帮忙，给网络小说写短评，还有一次作为陪练，和三年级小学生打了一整个寒假的羽毛球。总是她输。可能因为兼职多了，她浑身散发出一种"我要兼职"的气场，连偶尔接到一个推销电话，都是"我们APP在做用户测评，请问您要不要来现场参加，我们会给三百元酬金"。她去了，用一个下午的时间换了一盒衰落城市的大地色眼影盘。

很公平。长大就是这样，成年人的世界比孩子的更有道理可讲。你付出，你就得到。没有一手遮天的家长，大多数地方没有。

甲鱼给她发的这个兼职，是周末两天的摄像助理，要求性格外向，擅长沟通，勤奋守时，有良好的中英文表达能力。第一句话熙熙就不喜欢。不就是做个兼职，凭什么对人家的性格说三道四。这句话基本无效，谁都可以弯一弯嘴角，假装两天开朗活泼。不过她还是投了。招聘的下面一连串"已投"，发帖的人逐个回复，"收到，会尽快答复。"

第二天中午，甲鱼问她结果如何。熙熙还不想和他说话。甲鱼是她从大一就开始交的男朋友，人很木讷，安分守己，有时候有一点幼稚。一年四季他都背同一个双肩包，本来人就不高，宽笨的肩带把他压得更矮。他来熙熙宿舍楼前等她，经常站在一棵树下，树长在花坛里，他就跳一跳踩进花坛，贴在树干旁边。熙熙不来，他东张西望，像一只患焦虑症的蚂蚁折而又返密密地走。进出宿舍的女生看见他都笑，他不察觉，继续踱步。等熙熙懒懒出来，他眼睛一亮，从花坛上跳下来，鞋子上一圈烂泥。

"这是给你的包子。"他会从食堂买几个肉包，带给熙熙。

熙熙和他在一起，说到底，是想试一试恋爱到底怎么回事，为什么那么多人着迷。从小我们接受的关于爱的教育，都是"世界上会有一个属于你的白马王子"，或者"上帝把一个瓶子打两半，一半是我，一半是你"那样的陈腔滥调。熙熙不明白，为什么要找到另一个人她才完整，找错了又怎么办。像妈妈找爸爸，明显就是一件瓷器找了一个瓦罐，结果是一场灾难。但妈妈不这么认为，她觉得有男人比没男人好，即使这个男人终日在外赌博，喝醉酒还会打她，也好过孤苦伶仃。

伶仃不一定孤苦，熙熙想。但可能这只是万千爱情乐章的一个杂音，谁让妈妈比较倒霉。其他人的爱情也许比他们家的要好，毕竟她看到过戴着粗颗珍珠项链的中年妇女，发福了还是一手拢着儿子一手挽着丈夫的手臂。满脸昂贵的粉底。

想要祛魅，就必须亲身尝试。一进大学，熙熙就跳进爱情的海里。甲鱼是第一个向她表白的男生，他买了一小束玫瑰花，粉色的，约她到学校河边，在黑暗里把花塞给她。熙熙接过来，被叶柄上的刺扎了一下。甲鱼过来摸她，眯起眼睛看她的伤口。"没事。"她说，舔掉挤出来的一滴血。

那天之后他们就在一起了，甲鱼对她越来越黏。约她一起晨读，去食堂吃早饭，各自上完课一起吃午饭，傍晚去图书馆占座，再一起吃晚饭。黏了一整天好像还不够，送她到宿舍楼，甲鱼两只手臂搂着她的腰来吻她。熙熙不避让，让他亲，直到他自己索然无味。"你为什么对我冷暴力?"甲鱼问她。熙熙觉得他很奇怪。二十四小时我有三分之二和你待在一起,每次见你都化全妆,涂雅诗兰黛粉底,Bobbi Brown眉粉,Tom Ford眼影,YSL12号口红,你知道加起来有多贵?

但她懒得回答。"我没有。"她只是说。甲鱼不太开心,但没说什么,放她回宿舍。

后来她渐渐感觉到,甲鱼有时候会试探她。他是老实人,只能用老实办法。他会趁周围没人,表情很不自然地过来抱她,贴得很近,下身硬硬地顶着,看她反应。她假装没注意到,抱一会儿就把他推开,或者听到微信"噔"一下就弹过去看手机。

"我们,要不要……"甲鱼暗示她。

"什么?"她装傻。

"我想和你……你难道对我都没有感觉吗?"

甲鱼说,相爱的男女都会互相有感觉,一种无法压抑的欲望,类似于饥饿或者口渴,必须吃点喝点才能缓解。如果没有,那熙熙对他就是不爱。

为什么要问得这么清楚,熙熙想,爱和不爱哪有这么轻易,你无非是想和我上床。你直说也行,不要假借爱情之名,我也许会同意,毕竟那也是实验的一部分,我想看一看让所有人欲仙欲死又噤若寒蝉的东西到底是怎样的。

刚想这样回答,看到眼前的甲鱼,熙熙又觉得他有点可怜。这个男生,可能真的喜欢她,真的在为他人生第一次生涩的初恋受苦。爱肯定谈不上,但她到底喜不喜欢他呢,有没有一点点可以称之为情感的东西。思来想去,熙熙觉得没有,原因让她自己也吓一跳:他太像妈妈。她和甲鱼的模式,就像跋扈的爸爸和逆来顺受的妈妈,无论她多坏多假,甲鱼都不舍得离开她,只会一步步退让,骗自己,至少她还和我在一起,她还承认是我女朋友。但可悲的是,你不可能用低姿态赢得一个人的真心,在这样的关系里,她只会越变越坏,即使在更广泛的意义上,她是一个好人。

"没事,你不用马上回答,我会给你时间,让你慢慢爱上我。"果然甲鱼说。

其实他人不错,熙熙想,将来会是个好父亲。但她想象不到和他结婚生子的画面,也不能想象和任何人。说到将来,她眼前出现的是一片广漠的幻象,没有细节,只有一种炽热、自由的氛围,她知道自己会离开家,离开成长的环境,熟悉的一切人事物,到陌生的地方去。即使是火星,也毫不犹豫。那才能让她安心。

熙熙查了邮箱,兼职还没回音,就给甲鱼发了两个字,"没有"。到了晚上,突然收到一封新邮件,"恭喜你被录用"。具体原因是熙熙有很多兼职经历,英语过了六级,而且学文科,招聘方相信她"可以很好地理解并转化摄像团队的意图"。拍摄地点在郊区的一个马场,邮件里提醒她"务必准时到,穿长袖长裤,因为马厩里有很多蚊虫"。

熙熙去了,没告诉甲鱼,只说周末回家,不然他会缠着一起。甲鱼理想中的那种爱情,应该就像连体婴,你找到了我,我找到了你,从此我们合二为一。

开工时间是早上九点,熙熙六点半起床,往肚子里塞一只面包,坐一个半小时公交车,提早到了。每次按照对方的要求精确地完成某种有报酬的任务,她都会非常亢奋,觉得证明了"我可以"。这是一种闪转腾挪的能力,她完成得越轻松,说明她越能够靠自己游刃有余地活下去。

所谓的摄像团队只有两个人,一黑一白,都是老外。翻译在门口等她,带她穿过一幢幢错落的破房子和杂草堆,解释给她听这两天的工作。原来他们是新媒体艺术家,"专门拍一些我们这种普通人看不懂的视频",被某个即将开始的艺术节委托拍摄一部短片,费用由组委会支付,短片最后会在艺术节展映。他们上周二来到中国,逛了几天,由翻译领着吃喝玩乐了一番,现在要开始创作了。据说短片里会出现各种各样的城市风景，他们带着摄像机随手记录了一些，街道，商场，行人，地铁，什么都拍。有一次翻译看到他们把镜头对准一个背对马路尿尿的司机，觉得不能用一个偶发的事件丑化了所有人，就拿手在镜头面前晃晃，笑着说，"现在这样不文明的现象已经非常少了，他肯定是憋急了找不到厕所。"没想到他们手速太快，已经拍完收起机器，冲她笑笑。

还有一个重要的场景就在马场。艺术家预约了十匹马，要拍万马奔腾的样子，"据说这是中国经济腾飞的隐喻。"熙熙听着，漠然地点点头，终于走过了漫长的泥路，被领到马厩。两位传说中的艺术家还没到，她们在原地等着，半个小时以后，马场老板过来问她们的需求。

"现在就要把马牵出来吗？"

翻译左右看看，脸上露出一点焦急。摁手机，屏幕上空无一物。"拍片的人还没来啊，说好的九点。再等等吧，我给他们打电话。"

她走远一点，开始拨电话，反复几次，还是没通。她神情涣散地回到熙熙身边，半是抱歉半是推诿地说，"老外就是不靠谱。"

马场老板理解地笑笑，"他们是哪里人？"

"美国人。"

"那难怪。这样吧，我就在那儿的办公室里坐着，有需要了过来叫我。"

"好嘞。"

等老板走远了，翻译朝熙熙吐吐舌头，说组委会的司机告诉她，八点去接二位大艺术家，门都敲不开，还在赖床呢。

十二点整他们来了，一人一件紧身T恤，手里拿个纸杯装的咖啡，和熙熙在美剧里看到的一样。车停在办公室附近的水泥地上，翻译挥挥手让熙熙去帮忙。熙熙小步快跑过去，从后备箱帮他们取设备，即使每一样他们都稳稳提着，不需要她出力，她还是不厌其烦一次次伸手。勤奋守时，她想，无论你们怎样，至少我做到了。

翻译给他们介绍熙熙，说是组委会聘请的助理，来协助这两天的工作。艺术家点头问好，问她叫什么名字。

"你可以叫我Xi。"熙熙说。

"细，"艺术家发成第四声，"是什么意思？"

妈妈说过，熙熙的名字是快乐的意思，就像天上的太阳，把光明带到人间。啊，谁都有过充满希望的时候。上小学时熙熙觉得自己的名字难写，像一组还没有拆开的拼装玩具零部件，剪开之后会组合成完全不同的什么，飞机或者坦克。她把熙字放大再放大，顶天立地，写在

《新华字典》的第一页。

"阳光，快乐。"熙熙有点脸红。

"哦，太棒了。"艺术家说。

他们把设备暂时搁置在水泥路上，去马棚内部查看环境。马场老板从办公室出来，指指这儿，指指那儿。熙熙紧随左右。听翻译和他们的对话，她知道了负责创作的那位叫Daniel，深色皮肤的是他的助手Martin。丹尼尔和马丁，熙熙在心中默念。

那天下午天色阴沉，他们把马牵到跑道上，先拍围圈奔跑的场景。马有点无精打采，或者说乖驯，任管理员牵着一圈一圈毫无悬念地跑，而后松开缰绳由它自己继续跑。熙熙在场外看着，马像一颗永不停转的陀螺，围绕着圆心做惯性运动，但不像鸟，她有时会观察鸟飞翔的姿势，它们振翅扑腾一阵，开始休息，歇着翅膀让身体进入静止，在城市的雾霾天里以一种不可思议的优雅复制千百年前祖先在云端的滑翔。同样的安宁，轻易，无声无息。抬着头的熙熙此时会被它们震慑，忘了把头低下来，片刻恍惚之后才相信世界上确实有如此美与神圣的事物，而且免费。

跑了十几圈，丹尼尔突然感觉马的毛色不对，他走回马厩查看剩余的所有马，让熙熙把马场老板叫来。熙熙跑进办公室，马场老板正在喝茶看报纸，听她说完又喝了一大口，合上报纸跟她出来。丹尼尔说，镜头里棕色的马显得有些脏污，他想换一匹白色的。

"脏？"老板不太高兴，"我们的马都很干净的。"

"不是脏，是颜色本身的暗沉。"

"那要怎么换？"

"选一匹最白的白马。"

熙熙发现丹尼尔是那种说一不二的人，也许艺术家都是这样，坚持自我。他可能会选择柔和的用词，但不会让他的意思在传达过程中有丝毫折损。马场老板牵出一匹灰白的母马，丹尼尔摇摇头。又换了一匹白一些的，可马很矮，看起来缩小了一圈。

"不行，它还没有长大，跑起来没有气势。"

老板朝翻译使了个眼色，"难不成还要让我给他搞匹《西游记》里的小白龙？"

熙熙忍不住笑起来。她觉得自己又学到了一些，如何在这个坚硬的世界上行事。你必须清楚地告诉别人你是谁，设立清晰的标准和边界，别人才会正视你，尊重你。

最后找到一匹勉强算得上纯白的白马。熙熙倚在围栏边上，看丹尼尔抚摸它，看着它的眼睛。它垂下的眼睑显得敏感而悲悯，仿佛通晓世间的一切，只不过被困在这具牲畜的躯体里，无法用人的语言表达。它只能一圈圈地，按照人类的教化跑出一个个无始无终的圆，像画在马场地里的谜。

"可以了，"马场老板跟翻译通气，"这吹毛求疵。"他也把手撑在围栏上，"要是冬天倒好办了，雪一下，所有的马都是白的。"

"哈哈哈。"翻译笑起来。

老板带着得意的神色回去他的办公室。

这时熙熙看到有人朝她招手，是马丁。他的上衣鲜红，紧紧绷着健壮的褐色肌肉，站在白马旁边像一种迥然不同的生物。强烈的视觉刺激让熙熙掉转头，微微闭上眼睛。但脚下没有停止，仍然向马丁走过去。马丁把收音杆交给她，让她扛着，他去处理别的事情。

"重不重？能拿住吗？"

"没问题。"

一直到四点熙熙都扛着收音杆，但她感觉不错，有事可做，至少证明她在这里有价值。拍完最后一个镜头丹尼尔比出一个OK的手势，让大家收工。

"这就拍完了？马场租到七点呢。"翻译说。

"别工作得太狠，"丹尼尔说，"晚上就该放松和休息。"

把马牵回马厩,收拾完所有的东西,司机把车绕回办公室门前的小路,载两位艺术家回去。翻译自己开车。熙熙准备去村口的公交站,搭来的时候同一班公车回去。

"细,"马丁从车里探出头,"你住在哪里?我们带你一起走吧。"

"不用了。"熙熙说。

"上车吧。"

"没关系的,我知道怎么走,来的时候也是这么走的。"

"别客气了,快上车。"马丁把她拉上来,"这里的路太脏了,会把你的鞋子走坏的。"

"好吧。"熙熙跳上车,坐在马丁和丹尼尔的后排。

回去路上,马丁一直在和司机开玩笑,用他这几天学会的几句中国话。你好,再见,谢谢,好吃。司机让熙熙给他翻译,和马丁说学逗唱。丹尼尔看起来更严肃一点,望着窗外不怎么说话,偶尔转过头问熙熙一两个问题。比如,为什么城乡结合部的商店招牌字号那么大,像标语,砸过来袭击你的眼睛。他做了一个受袭往后倒的姿势,马丁马上双手承接着把他托起来。熙熙笑笑,发现外面挂着的是"便民综合商店"。全国上下可能有一万个便民综合商店,对这些习以为常的东西,他们平时不会去想为什么。就像那些绕着圈在惯性里奔跑的马,不问原因。

熙熙让司机把她放在地铁站,谢谢两位艺术家,说明天见。马丁在她下车前用嘘声说,"明天,你不用来这么早。我们不到九点起不了床,酒店的早餐还很好吃,吃完过来就中午了。你可以十二点来,和我们一样。"

"好的。"熙熙说,觉得他有点亲切。

但第二天她还是准时到了。不能犯明显的错,让人挑刺。她知道自己是组委会雇佣的,不是这两个吊儿郎当的艺术家。人与人之间由利益驱动的微妙关系,她懂,天生有这种不耍小聪明的小聪明。

十点三刻,翻译来了。看她一个人坐在长凳上,加快脚步走过来。

"真不好意思,路上太堵了。怎么就你一个,那两个人还没到吗?"

"没有,没事的,"熙熙说,"这里空气好,我坐着挺舒服。"

听她这么说,翻译也坐下来,"是啊,郊区空气还是比城市好啊。"

又坐了一小时,熙熙觉得无聊。翻译一直在刷朋友圈,给老公妈妈女儿分别打过一个电话。

"今天是周末,孩子上课外班,平时都是我送的,不知道他们能不能弄清楚上下课时间。"

"哦。"

熙熙站起来，跺跺脚，渐渐离开长椅，绕着马场边缘散步。太阳快升到头顶，毫无遮蔽的马场散发出一种初夏的焦躁，她舔舔嘴唇。今天化了妆，迪奥999烈焰蓝金，翻译已经去办公室休息了，她从包里掏出口红，背对着办公室的方向往嘴唇上盲点了几下。

组委会银白色的面包车开进来。熙熙转过身，看见马丁从车上跳下来。今天他穿了一件黑色T恤，让他像宇宙里的一个黑洞，一种不妥协的坚硬的矿物，突兀地出现在荒郊野外。然后是丹尼尔，松松垮垮地罩着一件夏威夷风的度假衬衫。熙熙意识到，他身上有某种非常严谨的东西，即使像变色龙那样层层伪装，隐藏在轻松愉快的外表下，她还是能辨认出来。

"早上好。"熙熙说。

"嗨，细！"马丁递给她一杯咖啡，"拿铁，你要不要？"

"给我的？"

"我特地买的，怕你等得睡着了。"

"哈，谢谢。"

"别告诉翻译，"马丁小声说，"我只买了一杯。"

"哦。"

表演者

"哈哈，骗你的，怎么会，"又从座位旁拿出一杯，"大家都有。"

熙熙平时不太喝咖啡，去星巴克也只买抹茶星冰乐。考试前熬夜复习，她会点外卖叫一杯港式奶茶，用红茶现煮，比咖啡厉害，喝完整个人无法控制地发抖，绝对睡不着。但这些对甲鱼无效，他体内可能有咖啡因抗体，或某种百毒不侵的基因，趴在通宵教室的桌子上照睡不误。

"怎么样，喜欢吗？"丹尼尔让老板牵马的时候，马丁走到熙熙身边问她。

"不错。"她回答。

今天拍的是万马奔腾。一共十匹，要拍出挤满镜头又乱中有序的感觉，必须每一匹都非常精壮，高度一致，年龄相仿，不能大马小马参差在一块儿。老板陪丹尼尔到马厩挑选，他一一询问它们的情况，仔细检查毛色，选中的就点点头。老板吩咐人把马牵出来，集中在马场中间。

但拍摄起来不太顺利。马有些躁动不安。难得组成这样雄壮的马队，它们不明白发生了什么。一匹马受到惊动，立刻像水波扩散一样波及它的伙伴们，啸叫声此起彼伏。管理员冲上去安抚。丹尼尔在远处皱着眉，双手交叉在胸前，等它们一遍遍练习，像把一张新纸揉皱，抚平，再揉皱。

马丁把收音杆靠在栏杆上。

"听翻译说你还在上学？"他问熙熙。

"嗯，今年大二。"

"啊，大二，我研二。"

"你也是学生？我以为你已经工作了。"

"是啊，丹尼尔是我的老师。"

"所以你学的是艺术？"

"新媒体艺术，差不多吧。你学什么？"

"学前教育。"

"有意思，你将来会做老师？教小朋友？"

"不会吧，"熙熙想了想，"我不喜欢。"

"那为什么要学？"

都怪爸妈。熙熙想起他们逼她填志愿的那个傍晚。她坐在厨房的小餐桌旁，餐桌钉在墙面上，为了节省空间，吃饭时掀下来，只有半扇。爸爸不停抽烟，熏得她只能打开抽油烟机。他在嗡嗡嗡的噪音里说，"我认为女孩子做老师非常好。"妈妈洗完碗围裙还没脱，靠在门边附和。有时候熙熙觉得他们就是一个人，妈妈活在世界上好像只是为了依附爸爸。然后，再按照他们的意愿塑造出一个听话的女儿，穿过膝长裙，涂粉色口红，做幼儿园老师。

熙熙记得她抵抗过。但又怎样，未成年，她的命不是她的。

她不知道怎么告诉马丁，该说多少，保留多少。他站在她左边，浑身散发出一种新鲜和自由的气息，仿佛能掌控属于自己的一切。连"自己"这两个字，对他来说都更清晰。他确确实实知道自己是谁。

熙熙决定还是说。没有人可以让她吐露，爸妈不行，亲戚不行，吃吃喝喝打打闹闹的同学不行。甲鱼当然不行。在她的生活里，没有一个人可以超越世俗的界限，用一种智慧的、超然的眼光给予她真正的理解，站在她的立场，什么都不用做，只是说一句"我理解"。熙熙觉得那才是爱，她从来没有得到过。

"爸妈强迫我的。"很用力，她才吐出这几个字。觉得喉咙干涩，声音沙哑起来。

"噢，天啊。"马丁转过脸看她。

"他们觉得我是他们生的，就可以控制我，想让我和他们一样生活。但是，他们的生活都烂透了，我才不想成为那样的人。"

马丁点点头，"这样做是不对的，每个人都是独立的个体。父母生养了我们,但不拥有我们。我们可以随心所欲过自己的人生。"

熙熙也看马丁。他轻轻抚掉了她不小心掉下来的眼泪,拍拍她的肩膀。

"我将来一定会离开这里,到很远很远的地方去。"

"你可以的。"

熙熙仰起脸,用手掌根部擦了擦下眼睑。这是第一次有人以她希望的方式肯定她。她吸吸鼻子,觉得和马丁之间产生了一种温暖的联结。在他们都沉默的时候,这种联结仍然在流动,缓缓地,像一个睡饱了无欲无求的午后。她不想用语言打破它。

是马丁先说话的。

"谈一点轻松的话题吧。对了,为什么中国人都喜欢星座?"

"什么?"

"我到中国这几天,几乎每个女孩子都问我是什么星座的,除了你。"

"想快速知道你是什么样的人吧。"

"好吧。你是什么星座的?"

熙熙笑了,"白羊。"

"酷,"马丁说,"白羊什么样?"

"我不知道，就我这样。"

"哈哈。你为什么不问问我？"

"你想说的话会告诉我的啊。"

"我是狮子。"

"不错。"

"不错，"马丁学她，然后问，"你有什么爱好？"

熙熙想不起来。别人的问题是一种诚实而冷酷的检验，像手电筒的光突然照进黑暗的房间，让她觉察到自己原来如此贫乏。她喜欢点一碗放很多鱼豆腐和青笋的麻辣烫，吃完了无所事事躺在床上刷手机，追剧，买化妆品。每次把自己化得不像自己，她觉得其实那也是一次艺术创作。对了，她想起两个月前和甲鱼一起看了一个艺术展。美国波普艺术家Andy Warhol，甲鱼拖她去的，说他很有名。她觉得那些不断重复的玛丽莲梦露和汤罐头有点意思，像强迫症，但没搞清楚到底什么是波普，站在序言前看半天，才明白原来就是Pop Art的音译，流行艺术。

"嗯，我对艺术也有点兴趣，有时候会去看展览。"

"是吗？你喜欢哪个艺术家？"

"我前一段时间刚看过一个，不太知道他的名字怎么读。安迪沃霍尔，中文是这样的。"

"啊，是安迪哇猴儿！你喜欢安迪哇猴儿？"

"还不错。"

"太棒了，你知道他，他是美国艺术家，六十年代特别火。他在纽约的工作室，名字叫'工厂'，离我家很近，走路十分钟。"

"哦。"

"没想到哇猴儿在中国这么受欢迎。"

熙熙笑笑。马丁望着她，她不知道再继续说什么。

"今天拍完以后，我们一起去庆祝一下怎么样？"

"庆祝完工吗？"

"对啊，去酒吧，喝点酒。"

"嗯……也许可以。"

熙熙想着，如果今晚她不回学校，甲鱼肯定会找她。这倒没什么。就是明天一早有课，她得打车过去才来得及。不过无所谓。这是她第一次去酒吧，也许会发生一些好玩的事。因为，马丁在。

这时她听见丹尼尔在喊马丁，怒气冲冲。才发现他们边走边聊，已经不知不觉走出了马场的围栏，站在离丹尼尔很远的地方。马仍然焦躁，和管理员夹杂在一起，组成一排七零八落的队列。看丹尼尔的脸色，它们肯定还没有气势汹汹地跑起来。时间已经是下午两点，太阳不见了，天和昨天一样阴沉。

他们在所有人的注视下跑回原地。马丁甩着手，故作轻松。但熙熙感觉到，丹尼尔生气了让他有点紧张。

"别忘了你是在工作，这不是我一个人的事！"丹尼尔说。

"抱歉，我们只是在聊天，挺聊得来就多说了几句。"

丹尼尔不说话，回头看马。

马丁有点尴尬。忽然他好像想到了什么，大声对丹尼尔说，"嘿，你知道吗，她知道安迪哇猴儿。"

"什么？"丹尼尔问。

"安迪哇猴儿在中国很红，她也知道。"

丹尼尔停顿了几秒，看着他们，一字一顿地问，"那又怎样？"

"好吧，没怎么样。"马丁说，"继续，努力工作。"

那天拍到六点半才收工。马不是跑快了就是跑慢了，很难达到丹尼尔理想中的整齐划一。熙熙被安排喊口令，丹尼尔一比手势，她就喊"跑"，喊了大概二十多次。马场老板在旁边打趣，"这导演怎么这么轴，经济腾飞，干吗非得这么整齐？咱们中国也是一部分人先富起来的啊！"

拍完之后，熙熙还是跟着组委会的车走，经过地铁站，她让司机停车。

"细,不是说一起喝酒庆祝一下吗?"马丁问她。

"我忘了明天八点有课,还是不去了。"她下车,向丹尼尔和马丁挥挥手。

"这两天非常感谢你。"丹尼尔说。

"不客气。"

熙熙走进地铁站,包里装着翻译转交的四百元酬金。可以换一罐Make Up Forever浮生若梦水粉霜,最白的色号210,保湿,持妆,不卡粉,配梅子色哑光唇釉,让她一整天看起来都娇艳欲滴,冷若冰霜。很好看就对了。也很公平。

2018年

纸牌

连着十八天高温,一天大雨,搬家的日子偏偏选在这一天。

工人一早打电话来,问是不是一切照原计划,他狐疑地对电话讲,当然照原计划,你们十点过来,还差四十分钟。那边很快挂了线,他放下听筒,用脚尖把摆在地上的电话机往墙角推了推。抬脚的瞬间一道闪光,白墙蹿上一条黑影,接着是几声炸雷,背后轰轰轰腾起水声,一回头,窗外的天空像夜里七八点那么黑,才发现下雨了。

刚才一直蹲在厕所整理文件,两只矮柜塞在马桶和墙壁之间,资料袋闻起来有一股淡淡的臊味。柜子还是陈哥给的,陈哥的外贸公司两年前倒闭,正好那时他张罗开张,陈哥说能省则省,让他要什么自己去选。满屋子都是用过四五年的旧家具,一个佛龛,三张办公桌,两把太师椅,陈哥那只标志性的大茶杯杯口朝下栽在角落里。他环视房间,放慢声说,桌子是用不上了,我想布置成格子间。陈哥说咳,就你那么点地方还布置成格子间?我这桌子又气派又实用,你不搞两张去?他不作声。陈哥继续说,一样来了,你总要带走点什么吧。最后,他的目光落到墙角那两只矮柜上,深褐色,放在哪里都不起眼。要不就矮柜好了。陈哥一搭他肩膀说好,一共三千。

掏钱的时候他有些发蒙,手指自动把皮夹拿出来,眼睛却不由自主去找陈哥的眼睛。陈哥侧身对他,接过钱,招呼两个小伙子一人一只把矮柜扛出去。柜脚抬离地面,露出八块方方的白印,其中一块垫着一张折叠起来的红纸,他翻开一看,是一张纸牌,红桃A。

他不肯留下吃饭,陈哥硬把他拉进小酒馆。几杯黄酒下肚,陈哥两颊酡红,用筷子点着他说,小兄弟,别以为开公司那么简单,给自己做生意就是卖命,没有节假日,没有休息天,一个月一个月流水一样地过去,手下人天天张着嘴巴等饭吃。陈哥好的时候在徐家汇,一整层办公楼都是我的,现在还不是要卷铺盖滚蛋。你知道这是什么感觉吗?他边说边用拳头捶胸,这里闷啊,天亮了都不想醒过来。那时,他还沉浸在刚当上老板的兴奋里,对陈哥说的没什么共鸣。看他一脸潦倒坐在对面,心里一软,又把酒账付了。

柜子抬进办公室,女朋友从新买的沙发上跳起来,绕着柜子走了一圈,白他一眼。他笑着说,朋友送的,一边从口袋里掏纸巾。只听啪嗒一声,纸牌掉在地上,女朋友没注意,躺回沙发上说,蒋万生,你吃亏吃不够是不是?就你那帮损友,还配得上朋友这两个字?他往她那边挪动两步,悄悄弯腰,把牌捡起来。对折,还原,塞回柜子下面。没来由的,就觉得红桃喜庆,是个好兆头。

她说的是他们合伙开公司的事。去年七月份,他大学毕业五年整,在一家房地产公司做事。那天他站在公司门口抬头看天,开业时安的"申天地产"大字招牌已经快变成"日天土厂",正琢磨该怎么办,一只手忽然朝他背上一拍,掉头一看,竟是白皮。白皮长得并不白,只因为大学里玩无声麻将一枝独秀,一晚上能把所有人的饭菜票都赢走,有一次连胡四把,把他们气得要搜身,没想到真从他裤兜里搜出两张白皮,被拖到床上一阵暴打。人赃俱获,只好承认偷偷买了一副麻将出千,赢走的已经全换成啤酒烤串进了肚子。毕业后白皮靠他老爸的关系去了事业单位,月薪过万。五年里他们聚会过几次,这家伙西装革履,每次带来的女朋友都不一样,肩膀搂得紧紧的,酒喝到一半就走,据说是怕他们酒后胡言,揭了他当年老底。

一年多不见,白皮长胖不少,穿得像个退休在家的老头子。一条奶白色宽松长裤在风里发抖,料子轻得能直接穿去公园练剑。见他盯着自己的裤子,白皮嘿嘿一笑,踢两下腿说这是瑜伽裤,瑜伽你练过没有?他说哦,听说过没练过。白皮说那你亏了,我练了一年半,神清气爽,上个月刚从印度回来。他问是不是可以把小腿举过头顶,白皮说没问题,不过人多眼杂,下次到我家来,哥们儿练给你看。这才谈起双方近况,他指指那间七八平米的小屋子,白皮探头过去,只见玻璃上贴满租售启事,柜台后面坐着一个中年妇女,立刻兴味索然地转身出来。这时里边叫他电话,他进去接,白皮唰唰唰写下一张纸条,说是地址,关照他改天来玩。

他真去了,开门的女人他不认识,并不是当年见过的那几个小妞。白皮跷着二郎腿在电视机前喝茶,见他来了，半抬起屁股说快坐快坐。那女人过来给他摆杯子倒茶，仔细一看，宽松的睡裙里肚子凸起，原来已经怀孕了。他怪白皮结婚也不说一声，白皮朝他眨眨眼，趁女人去加开水的空当小声说，没结，不小心怀上了，不肯打掉，生了再说。他不发声了，接过杯子的手有些瑟瑟缩缩。白皮朝竹榻靠背上一躺，摊开双手，请他看看家里的格局。他朝四周张望，这风格，这装潢，没话说。两室两厅，带一部转角楼梯，二楼两个卧房，加一间储藏室。他想起自己，只好拼命喝茶。

别光喝水啊，白皮说，兄弟快两年不见了，咱们好好聊聊。

聊什么，你现在样样都好，又快做爸爸了，还有什么不满意。

怎么没有，白皮答，你说得没错，我该知足了，但总觉得有些说不出来的……

什么？

白皮搔搔脑袋，就是说不出来嘛。

饱暖思淫欲？

不是不是，女人在旁边呢，你瞎说什么。

那是什么？

怎么说呢，这种话只敢对兄弟你讲。我当初在学校吧挺不是个东西，天天睡到十二点，你们上课我翘课，轮到大考就打小抄。我那时以为，将来肯定惨了，总有报应的一天。你们这种好学生做大老板，剩我一个喝西北风。没想到一眨眼什么都有了，车子，房子，女人，孩子，我操！当时想都不敢想的东西竟然都有了。

你什么意思？

你当我是在炫耀吧？一点炫耀的意思都没有，我就是觉得不对劲。

怎么不对劲了，你不是过得挺好，实实在在的。

说实在也实在，但是心里虚啊，虚你懂吗？

女人的手这时插进来，拈走沾在白皮裤管上的一根微小的绒毛。

待她进卧室打开电视，白皮才往下说，虚，好像什么都没做，却什么都有了，也没什么特别想要的，关键就在这里，没有想要的，你说是不是有点恐怖？

我体会不出来，他回答，我没你这境界，我想要的还很多。

你想要什么？

这问题听着耳熟，是他经常问女朋友的，或者说，是他经常被胁迫着向她发问的。她这个人性格刚硬，像男人，爸妈是东北知青，十五岁就一个人回上海读高中，轻易不给人好脸色。很多时候他感觉不到她是女人，相反，跟她在一起，倒觉得自己更女性化。她问，蒋万生（不知道为什么，她喜欢直呼其名，常让他浑身发颤，像在混沌里被人打过一拳），你怎么不问问我跟你在一起到底为什么？为什么？他重复。什么也不为，她说，人家说要么为了爱情，要么为了面包，跟着你肯定不是为面包，爱情么——他耸起耳朵——多多少少有一点。他放了心。但她接着说，你别高兴，我还没说完，已经越来越少了。他偷眼看她，被她锐利的目光剜了一刀，赶紧低下头来。我看你也不知道我到底想要什么，她又说。想要什么？他继续做应声虫。我想要……她舒展四肢，忽而像所有女孩子憧憬未来时露出柔软的表情，靠在窗台上，一样一样报出她五年以后必须拥有的东西。别墅，名车，高级化妆品，用不完的钱，周游世界。不过她跟普通女人又不一样，讲完这些，她会收起那种短暂的柔软，补充一句：我只是说说，我不指望你，我靠自己。

也可以说，他就爱她这一点，在那层物质主义包裹下的肌肤内里，自尊心非常坚硬。他觉得他可以像一面旗，牢牢绑定在这根飓风中纹丝不动的旗杆上。他母亲大概很担忧，有一次在他卧室晃来晃去，假装帮他整理衣服，半天才说，小宋什么都好，就是太强了，我看你弄不过她。他从镜子的反光里，看见她放在衣服上的手指一动不动，忽然很想抽烟。他站到阳台上，母亲在背后叹口气说，不过我知道，你从小就是一棵树上吊死的人。

七八岁的时候在老房子，刚上小学。几个孩子玩捉迷藏，他藏到阁楼里。推开老虎窗就是屋顶，他顺着几只箱子一级级爬上去，再从外面把窗户关好。从屋顶的视角，他第一次发现自己生活的地方真的好小，弄堂口的老太太天天坐在小板凳上择菜聊天，她们的脑袋就像飘浮在空气里的烟圈一样脆弱。隔壁小龙的爸爸在屋檐下挂一条大水管露天洗澡，白色的三角裤被水柱浇成透明，在他眼皮底下搓来搓去。小龙在隔开几米的桌子上写功课，今天他被老师罚站，回家又被教训一顿，不能和他们一起玩。他蹲在那里看出了神，等到想起自己是在做游戏，已经过去半个钟点。没有人来找他，至多有一两只影子在阁楼的门口一晃，马上又消失了。但他知道自己不能下去。下面有声音喊：吃西瓜了！一叠脚步声咚咚咚一齐往楼下赶。他的手指扒着窗框上暗红色的油漆，坐在原地，听见弄堂西面马路菜场的市声像夕阳一样落下去。路灯亮了，世界又遥远又宁静，他几乎睡着。直到有人惊呼：蒋家阿姨，别着急了，你儿子在屋顶上！他才迷迷糊糊震醒，被一只手抓进窗子里去，结结实实打了一顿。

表演者

其实说到底，他真正在乎，谈得上绝对不能失去的只有小宋。但他只是反问白皮，怎么可能什么都不想要了呢，总有一两样东西是你得不到的吧？

告诉你，白皮答非所问，我这两天想明白了一件事情。

什么事？

我觉得，男人还是应该有自己的事业。

你不是已经有自己的事业了吗？

咳，这叫什么狗屁事业！整天给别人干活，拿一份死工资，做多做少都一样，没劲。他好像突然发现了什么，嚷嚷道，就是这个词！

哪个？

没劲！白皮伸手握他，我他妈终于找到了，就是这个词。你看我现在过得多没劲，每天睡到九点半，走半站路去上班，也没人管我。下午练练瑜伽，找人喝茶，舒服是舒服，但活着跟死了一样！

我看你是皮痒，他顺口说。一说就想起来了，白皮确实皮痒。以前在学校里隔三差五就要被他们打一顿，有时候真打，有时候假打，真打是因为他犯贱，假打是因为又有犯贱的倾向。这家伙动不动就跟他们新结识的女同学聊天，假装不知道那两位互相对对方有意思，光说一些拆散他们的话。比如某某有口臭,某某有香港脚,某某不知为什么,晚上老是床颤。于是这些女同学不约而同都不再理某某了。

白皮配合他笑,摸摸后脑勺,怀念那几个常常挨揍的年头。有人管我打我都不怕,就怕没劲。后来他知道白皮不是瞎说,他真的欠管到无法无天的地步,半年里搞大两个女人的肚皮,双方家长都找上门来,带着铺盖卷住在他家走道里,大吵一架。当时他在白皮家见到的那个看起来乖巧的女人,就是这场恶战最终的胜出者。

不如我们创业吧,白皮说,男人要有自己的事业才叫男人。我算是悟出来了,你看有这么多老板过劳死,你以为他们很惨?他们才不惨呢,能死在自认为有价值的事情上,那是幸福。相反倒是我们这些,看上去很平静很安全,其实都在苟活。苟活懂不懂?就是活得连一条狗都不如。

又在瞎掰,他哼一声,不理白皮。但这话他从前说不出来,看来时间真能改变一个人。正这么想着,白皮肉乎乎的手掌往他眼前一晃,他是认真的。

你真打算创业?

对啊,说干就干。

做什么?

什么都行。

什么都行就是什么都不行。

你别跟我玩文字游戏，什么挣钱我做什么，开妓院，贩卖人口，拉皮条——别误会了，违法乱纪的咱不干，剩下什么不能干啊？怎么样，人多力量大，你就不想自己当老板？我真该起死回生了，你那工作我看也没什么前途，不如一起干。为自己干活，累死也值得。

他没吭声。他在想，如果是小宋，她会怎么回答。

别想啦，资金我七你三，赚了五五分成，上路吧？

那工作怎么办？

我操还管什么工作呀！明天就辞了，跟你那办公室老阿姨说拜拜。我无所谓，我那工作见不见人都给钱。

他有些心动了。

心动是一瞬间的事，那次在白皮家，他还没确定，但确实动念了。他决定不立刻告诉小宋，跟她吐露的时候，事情已具备七八分眉目。白皮真的搞来一大笔钱，连着两星期天天请客吃饭，公司还没开起来，这个经理那个老板就见了不少，据说都是以后互相照应的大客户。他先去找房子，利用工作之便，在中心城区的犄角旮旯找到一间便宜的出租屋，在居民楼里，房型和装修都很一般，但说出去，至少离南京西路不远，全上海顶级的商铺就在南京西路,况且还挨着静安寺,有菩萨保佑。

然而,半个月以后白皮不见了。他已经跟老板提过辞职,老板也好言挽留了两句,说如果嫌底薪太低,可以酌情加个几百。他听了有一点感激,他就是这样,心特别软,别人对他一分好,他就想把整个人贴上去来做回报。但男人要有自己的事业,他学着白皮的口气把这句话说出来,感觉老板看他的眼神都不一样了。当真是掷地有声,他好像找回了一些做男人的自信。

傍晚他以一个无业者的身份回到家里,对小宋只字不提,保守着一个秘密让他感到自己充满力量。小宋问他,今天怎么了,他笑而不答。晚上上床,他不让小宋关灯,说想看清她的表情。小宋直觉怪怪的,把腿架到他肚子上,摸摸他的脸颊。还没结束,就一把把他掀翻过来,说不对,肯定有问题。他吞吞吐吐讲出实情,犹豫与激动参半。小宋在半明半暗的灯光里看着他,让他意外的是,那张脸上铺满了忧虑。

女人有时就像先知,她的忧虑不无道理,至少把事情串起来看,她的忧虑起到了承上启下的作用。白皮不见了,最初是断断续续地消失,他有些担心,不停打他手机,总要等到第二天早晨才接到回电。白皮在电话里的声音很正常,只是周围有些嘈杂,让他隐隐预感事情开始变得不可控。他得到的信息是形势确实在发生变化，但不必担心，白皮言之凿凿做保证。过了两天，白皮又说，兄弟，要做好准备，有个王老板也要加入。很快，王老板变成张老板，张老板变成李老板，人名越来越多，白皮的电话却越来越少。等到月末，他收到一个自称是白皮老婆的女人打来的电话，说白皮失踪了，问他要人。

他的第一反应是，哪个老婆？

白皮当真失踪了。电话不接，短信不回，手机显示不在服务区。他到底去了哪里，不会又去印度爬树上练瑜伽了吧？他左思右想，翻出白皮介绍他认识的好几个老板名片，问遍所有的人，都没有答案。他曾经想过冲到他单位门口去堵他领导，像老公被抢走的女人一样坐在地上撒泼，拉着领导的袖子，抽抽噎噎地喊，您给我做主！

在将近一年以后白皮才再次出现，抱着一个两颊肥得让人担忧的婴儿，穿一身中年男人在小区里遛狗的铜钱睡衣回到蒋万生面前，一脸歉意地说：不好意思，兄弟，手头吃紧，情况有变。

小宋也许早料到事情不会那么顺利。那天他哭丧着脸回家，把自己蒙在被子里，肩膀不住颤抖，但他没哭，他哭不出来。他只是体会到，原来人在伤心和生气到极点的时候真的会全身发抖。小宋温热的手握住他的脚心，他把脚一缩,问,怎么办。

什么怎么办?

开公司的事,怎么办?

有什么怎么办?

白皮跑了,我开不开?

开啊!

什么意思?

什么什么意思? 蒋万生你给我起来! 小宋把他从被窝里拖出来。你听着,我们不靠别人,我们靠自己。你那狐朋狗友不是不讲信用吗,难道我们跟他要饭吃? 我们不仅要开,还要开得好,气死他! 你听到没有,不许哭,不许再回去找你那破房产公司,你就给我开,开定了!

他讷讷地问,那么……钱呢?

他原本准备的只有启动资金的十分之三,白皮说的,你三我七,赚了钱却可以五五分账。他这十分之三,还有一半是问母亲借的,没问小宋拿一分钱。小宋从抽屉里掏出两张存折,用计算器啪啪按着,不够。又立马打电话,给她在深圳做生意的哥哥。他们虽然是亲兄妹,平时很少往来,哥哥小时候跟着父母在黑龙江,只有她回来了。她考上大学那年,哥哥就开了一间发廊,现在只是逢年过节来一个电话,声音听起来也很淡漠。但他在电话里答应，五十万以内，他借。

小宋放下电话，两眼亮亮地望着他。

公司到底是开起来了，没有白皮，他还是有饭吃。但他一直记着小宋无意中说出的那句话，她骂他的单位是破房产公司，原来她这么看。他越发觉得在她面前抬不起头，自己的女人，却比他还有魄力。他感觉亏欠，公司的装修就都由着她来，她说布置成格子间就布置成格子间，她说在门口摆一棵发财树就摆一棵发财树，她说要把那两只矮柜扔进厕所就扔进厕所。知道小宋这次对儿子有功，母亲也不再说什么，一到星期天，就拎着烤鸡烤鸭和徐家汇买的正宗山林大红肠到他们住的地方来。

他偶尔半夜会惊醒过来，想着，如果有一天小宋不喜欢他了，这份情该怎么还。毕竟说到底，他没什么特别之处值得她非得喜欢。洗澡前他脱掉上衣在镜子里打量自己，长得不帅，眼睛没有神采，不巧言善辩，才二十九，一只肚子已经像白皮的老婆那么大了。

开业第一天，他对自己说，蒋万生，你有自己的事业了，从此要加倍努力，养活生你的人和爱你的人。

女人的胆魄确实是惊人的。中学里学《孔雀东南飞》时老师就调侃，约好了一起殉情，有勇气先赴死的总是女人。但惊人只是一时，不能给他们带来订单。事后仔细回想，记忆中的画面竟然都是生意萧索的时候，每天如何煎熬，而完成交易的喜悦几乎想不起来。绝大多数都是担心，担心无法及时供货，中间环节会出问题，一直要担心到交货之后对方资金到账，小翁在外间对他喊一句：蒋总，钱到了，他才能放下心来。但紧接着，这短暂的快乐又被新一轮没有饭吃的担心替代了。

小翁是他招来的总机，一共没几个职员，确切地说，就是负责接电话的。把她叫来面试，他比她还紧张，从前都是被人家面试，又不会说话，只好把事先打印出来的简历抬高，遮住自己的脸。小翁不发一语，在对面坐着，汗水从腋窝和膝盖后面渗出来，裙子都粘在腿上。过了半天，他才抬头看她，小声讲，介绍一下你的工作经历吧。

一个比他还轻的声音怯生生回答：我刚毕业。

他定睛一看，简历上清清楚楚写着应届生，他咳嗽一声，说，哦。

小翁没有回话。

那就这样吧。

你不要我？小翁说。

没有。

那怎么只问一个问题？

因为……你很好,你明天来上班吧。

小翁傻了。

第二天就来上班,她坐在与他的办公室隔一条走廊的工位上,当时还有一个财务。小翁喜欢在桌面放一些小女孩的东西,玩偶,香水瓶,用来防辐射的盆栽,小半罐茶叶。第一年春节,小翁的桌上多了一只金色耳朵的老鼠,今年是鼠年,她说,金色也很吉祥,祝愿我们生意兴隆。他对小翁印象很好,每次经过她的座位去上厕所,老鼠的尾巴就指向他,也是金色的,好像一根金手指点着他的脑门。你要发财了哟,金手指说。

但他没有发财,而且发财树枯死了。

发财树的叶片变黄,让小宋很生气,怪他没照顾好。早知道就不种了,她说,摆着破坏风水还不如不摆。他翻翻焦黄的叶片,上网查大家都是怎么养的。小翁在QQ上打给他:老板对不起,你让我浇水的,我上周又忘了。没事,他打回去,冬天,大概太冷了吧。

真正的冬天来了。那年媒体铺天盖地讨论小企业如何在金融危机中过冬,他不敢打开电视,一看财经频道,又是让人丧气的新闻。单子越来越少,他想的不再是这个月挣多少钱,开始退化成怎么保本,至少把房租和两个员工的工资挣出来。连这也变得困难。他每天到公司窝在那个小房间里的全部事务就是在网上乱逛,应该从何下手,有谁需要他们的产品,怎么把那些大厂家辐射不到的角落里,零零碎碎的潜在客户都挖出来呢?到底要怎样做才能底气十足地给员工发工资,逢年过节再包上一只体面的红包?以前给别人打工,每到年终都盼红包,盼到了又怨老板小气,如今自己当上老板,包红包时心真的在流血。

包吧,不差这几百块钱。

黑洞渐渐显露出深不见底的趋向。小宋哥哥的钱全都搭上,每个月还在赔。他忽然想到那时候谁好像说过,别以为开公司那么简单,给自己做生意就是卖命,一个月一个月流水一样地过去,手下人天天张着嘴巴等饭吃。谁那么明智,短短几句就正好说中他此刻的心情?

后来他想起来,是陈哥。

他打电话给陈哥,号码早就换成了另一个主人。他没有想到,一个人的存在和消失这么奇怪。电话那端的声音是,他就在,不是,他就不在。那么在这个世界上,陈哥到底在不在呢?对他来说,或许永远不在了。

他先是辞退了财务,没胆量开口,就在邮件里说。财务有点年纪了,电脑玩不转,第一天没有看见。他见她没回音,以为她生气了,便埋头在办公室里,等她们下班以后才走出来。没想到第二天上午，她准时来上班，还顺手整理发财树日渐稀少的叶子，笑着叫一声老板早。他吓得退回房里。十分钟后，她大概是看见了，才轻轻敲响门。他以为她会发脾气，平时她跟客户打交道，态度都很强硬。但转念一想，自己是老板，就稳在办公桌这端，眼睛盯着桌面。

蒋总，我理解你的难处，她的语气倒很平静，生意确实不好做，总之希望你越来越好吧。可是我不能今天走，根据《劳动法》，我要做满一个月，这一个月的工资和辞退我的补贴，不好意思，你也是要付的，我依法行事。

他点点头，竟有些感激。

跟小翁说的时候，情况很不一样。那是在半年以后了，又坚持半年，他天天都睡不好觉，夜里失眠，站在阳台上想心事。小宋躺在他身旁，什么都不说，他也不知道是因为她懂得体恤他了，还是像他一样，已经累了。开公司整整两年来，他没睡过一天好觉。打工的人，只要在固定的上班时间做好分内事就万事大吉，没什么精神负担，而他却永无尽头。做得好无非是应该的，做不好就别想睡着。他想，人是不是没什么追求才比较好，活得安心，过日子过日子，日子是给那些平平静静普普通通的人过的，虽然没劲，但很踏实。其他人，想出人头地的，想发财的，想成名的，憋着一股劲必须做点什么来改变命运的，都已经没法过日子了，要搏命。

搏到了，就可以向生活射精，生活还给他一个香甜的果子。搏不到，那就等着被生活撂倒。

这就跟动物划分地皮一样，靠的是打架，谁力气大谁就是王，别的都不管，不管你多么诚心多么努力。他对着办公桌上方灰白的天花板想：我是真的真的很想拥有一份小小的事业，我是真的真的很想永远坚持下去，我是真的真的……没有想完，眼泪先流了下来。

怎么哭了，可能内心真的是个女人。

把小翁叫进办公室的那天，离现在只有一星期。一星期以前，小翁穿一条咖啡色裙子，也许感应到最近公司又有变动，她不是穿黑就是一身素白，颜色都不大吉利。他这次双眼盯着她了，心里在想，其实小翁这样的女孩也不错，又制止自己，怎么在这个时候还有这样的想法。是悲伤不够强烈吧，他自嘲地笑起来。

小翁被他吓了一跳，说老板你怎么了，她就是用这样嗡嗡的嗓音对着电话说话的。喂，你好，这里是万生公司。好像很微弱，很好欺负。

小翁，对不起了，我没能力再给你发工资，我雇不起你了。

那我怎么办？她的问话听起来又酸又涩，几秒钟之后，她哇一声哭了，让他措手不及，顷刻间非常难过。

但一切都消失了。眼泪，安慰，什么都消失了。现在他在房间里打包，九点五十八分，工人很快就来。一星期以前发生在这间屋子的解雇事件，就像这个城市里一件最寻常的小事，没有名字没有记录，平平凡凡地过去了。听说这小区还发生过枪击案呢，是真的吗，墙壁上许多圆孔看上去都有点可疑。但空气那么安静，除了大雨单调的回响，找不到任何骚动的痕迹。

他喜欢站在窗前。等员工们都下班了，小宋没有来，他一个人站在半人高、油漆成米黄色的窗框旁边，难得松一口气。窗外往往是暗的，居民区里一条通往车站的小路，尽头连着一扇只准进人不准进车的旋转门。每隔半分钟，有人从外面进来，把身体卡进门里，微微地，精巧地，识时务地，恰到好处地转半圈，就从外面变到了里面。他喜欢这幅画面，觉得他们掌握了某种不可言说的技巧，一切都有希望。

其实最终决定散伙不是他的主意，是老天的。他撑了很久，努力不去听自己心底的声音，那个颓废的，恐惧的，总是等着把蒋万生唱衰的声音。直到有一天去夜总会,又是哪个老板带一个陌生女孩坐在他身边。他跟自己打赌,她怎么说他就怎么做。于是他假装随意地问,你看台上那个歌手,年纪一把了,歌也唱不好,你说她该怎么办?女孩抬起亮晶晶的眼睛,看着她,温柔而残忍地说,她该找个普通的工作,不要怕平凡。

他哭了。找个普通的工作,不要怕平凡。原来他怕的归根结底是平凡吗?他还怕很多,他怕死,怕变老,怕女朋友离开他,怕她每一个小动作都流露出对他的不满,怕独居的母亲突然死掉,怕很久不联系的人来了消息,都是坏消息,不是要钱就是噩耗。

工人敲门了。

他们把雨衣从身上拔掉,像鸟抖落羽毛上的水珠。他指指房间里显而易见的几套桌椅,卫生间的柜子,还有装在箱子里七零八落的小东西。小翁没有把老鼠带走,今年也不是鼠年了。打包的时候,他看见那根手指般的尾巴,金色的,软软的,被折弯了和订书机、双面胶、圆珠笔塞在一起,装进纸箱,直接送到刘总的办公室。刘总也是他的兄弟,至少他是这么说的,听说他要把东西撤走,贱卖给收破烂的,连忙挥挥手说不能这么糟蹋,给兄弟好了。他想学陈哥折点钱,但刘总已经请了那顿夜宵,不好意思再开价。

表演者

咣咣咣，东西很快搬空了。

屋子显得空空荡荡。他站在这虚空的中心，反而一身轻松了。对，把自己掏空，把紧紧抓在手里的都夺走，把应该失去的全部失去。他是他自己，只有他自己，尽管千疮百孔，这个人还在，蒋万生，还顽强地，不知廉耻地，活生生地存在着，不是吗。

他忘了是怎么离开的。回过神，已经坐进了出租车。下雨天，不是高峰时段也堵，他埋着头弄乱自己的头发。衣服好几天没洗，身上一股霉湿味，出租车的显示屏在眼前跳动着，引诱他按屏幕，看他居住的这座城市，在他不知道的地方正发生什么新鲜事。他转头望向窗外，天桥上面都是人影，车与车纵横交错，即使下大雨，人还是不断窜出来。分发房地产广告的女孩用脖子夹住伞，敲车窗，把手指涉进一条条玻璃上的小河。

他摸自己的手，下意识地，心里一惊，戒指掉了。

不是什么贵重的东西，刚和小宋在一起时，两个人还是学生，逛西宫，拍大头贴，在小摊上花几十块随便买的。一戴那么多年。问题在于，这是一个标志，止血钳，有它在那里，夹住他的血管，一切才不会溃不成军。

他从车上下来，冒雨返回办公室。先跑了几步，再放慢速度，用走的。他已经很久没有这样跑过，保持最低的生命能量，像一条再也扬不起来的抛物线，在生活的低谷里穿行。不再有什么事情让他激动，高兴的，一小股喷泉。他想起这些年也有过莫名的亢奋，因为牵到了女朋友的手，因为她愿意留下来过夜，因为租到一间自己的办公室，给墙壁重新上漆，因为买回一套桌子，三角的，雪白的大木桌，因为第一次给小翁面试，他抽纸巾擦汗，她走了以后，他上洗手间，照见脸上粘着一条细长细长的纸巾碎屑。他又想起小翁，她乖巧的嗓音，总是在电话里嗡嗡地说，你好请讲。有几次来询价的是外国人，她是小镇口音，不好意思说英文，免不了一种粗拙的语气，把he念成hey。Hey is out, hey is not in. 这个hey就是他，他确实out了。

再打开门，奇怪，短短一小时，房间却好像多了一种荒漠的气息。地上撒着无用的纸，他们最新的报价，以前是机密，而今只是不再有意义的数字而已。空气像尘埃一样落下来，掉在他的头发上，衣领上，鞋尖上。他和围绕着他的事物一起成为历史。

戒指在洗手台上找到了。他把它戴回手指，在这个曾经属于他的地方撒最后一泡尿。马桶里咕咚咕咚涌起小水泡，他看见放矮柜的旧位置，留下两处积灰的印迹，用来垫柜脚的纸牌还在，结了一层黏腻的蜘蛛网。他冲了水，把纸牌拾起来，顺手放到水龙头下面。一时间，房间里所有的管道都在震动。他最后听一次，听它们运作，听命运开动起来是如何隆隆作响。也许不是隆隆作响，而是像小翁，低低地，闷闷地，没那么庄严地，嗡嗡作响。

把纸牌扔回去之前，他打开看了一眼，被钉在时空的旋涡里。那千千万万条淡红色射线组成的菱形格子底下，镇压着的，是一张草花A。像一朵不够幸运，无力长出第四片叶子的三叶草，饱含汁液，从浓烈的中心点裂变出三大颗黑色毒瘤，沉默地对着他。

2009年初稿

2021年终稿

表演者

阿全叫阔叶草阔叶草。他们最初在交友软件上认识，约出来见了一次面，喝咖啡。喝完站在店门外，阔叶草问，要不要去我家再喝点东西。喝什么，酒？阿全想。但这时候没有人在乎借口。他只是喜欢琢磨人在口不择言时，到底随手摘选了哪些字。

好啊。

于是走路，上楼，关门，拉窗帘，两个人就翻滚在一起。不不，阿全先洗了澡，也让阔叶草洗了，他有洁癖。

所以之后如果方便，他们通常去他家，因为他说，其他人的床单上有股难以描述的味道。

阔叶草和她的名字一样，心开阔粗疏，对身体发肤触碰到的人事物不敏感。做完以后，她从冰箱拿出一只蓝莓蛋糕，撕开包装纸，递给阿全。吃这个。没想到阿全脸都绿了。顺着她不熟悉的责备眼光往下看，蛋糕长出霉点，埋没在青紫泛白蓝莓丛中，她没发现。为了讨好阿全，她从网上订购了一瓶薰衣草精油，洒在枕头被单睡衣上。等阿全再来时对他说，薰衣草哎，助眠。阿全骄矜地单手支撑坐立起来，仔细嗅嗅。薰衣草有几百种，只有一两种真正助眠，你买的不是。

在阿全这里，阔叶草体会到彻底的挫败，这对她来说前所未有。她以前的男朋友，大家叫他崇哥，对阔叶草言听计从。他在一所重点小学做数学老师，一路在好学生中长大，现在继续教好学生，正道走久了，羡慕起阔叶草不良少女的派头，死活把她追到手。阔叶草对他丢丢掼掼。每个月总有几天加班，阔叶草和同事们熬到一两点，从不晚睡的崇哥红肿着眼睛来了，手里提着两大袋麦当劳，在办公室发一圈，然后像一只温顺的小狗，趴在阔叶草身边打瞌睡。司机兼外卖员。你家崇哥好好哦，女同事说。让给你啊，阔叶草说。

快谈婚论嫁了。阔叶草很奇怪,男人怎么都那么猴急,急着要电话,急着上床,急着在你无名指上拴一枚戒指。她还没玩够呢。领了证也可以继续玩,崇哥说。那领证干吗?领证嘛,很多事情就敲定下来,不会变化了。哦,原来要把你锁起来,摁在地上,戴着镣铐跳舞。

阔叶草越逃,崇哥就越积极,每周往公司送花,隔三差五发红包,1314,214,999,520,情人节女王节儿童节重阳节都把她祝福一遍。知道她喜欢林宥嘉,特地去学《说谎》,很别扭地在KTV唱,可能我浪荡,让人家不安,才会结果都阵亡。

于是就阵亡了。去挑戒指,阔叶草非要蒂凡尼一克拉六爪铂金钻戒,十五万。崇哥说是不是贵了点,这玩意儿不实用,把钱留着,以后过日子吧。阔叶草转身就走。崇哥第一次犹豫了,没追上去,回家后父母煽风点火,怀疑她看上了他的钱。那边一泄气,阔叶草立刻退婚,崇哥就从她的世界里消失了。好可惜哦,同事们说,以后没有加班零食了。阔叶草松一口气。

其实她不爱钱,也不是不爱,就无所谓。她家里做生意,开面店,每天忙进忙出,钱从没少过她的。对一块人工切割八面玲珑的石头也没有太大感觉,唬人的罢了。她想起有个公众号写的,如果你潜意识里不接受一个人，就会在现实中创造障碍。她承认。她作天作地，确实是因为内心深处无法真的接受崇哥，又不想说出来。

演技太好，差点把自己都骗了。

而阿全不一样。从阿全隔着咖啡杯微仰的头，淡淡笑容，有所保留的应答，她就能猜出来，这个人不接受她。约会五六次，阿全没提过他们什么关系。阔叶草凭经验，知道如果发问，在这场角力赛里她就输了。她不问，做一只勤勉的小蚂蚁，把她的私人物品一点点往阿全家搬运。两双鞋，几条内裤，洗面奶，护发素，宽窄圆扁不同接口的充电器，还有被阿全教训以后，重新买的真薰衣草精油。阿全注意到她在偷渡，没揭穿她，反正单身，不是不可以有一个女朋友。

只是让他坠入爱河很难，阈值高。对任何事情他都喜欢追根究底，十五岁实验性地和女同学谈恋爱，十八岁解锁性，二十四岁观察每一段关系由生到灭因缘聚散，越来越冷静。阔叶草身上有吸引他的东西，不顾一切往前冲的激情，浑不吝，粗枝大叶视而不见的能力，不受束缚，时刻可以从世俗价值观中跳脱出来。也有些地方让他不爽，上述所有划一条线，一旦逾越，优点顷刻翻身为沙砾，和他性格中吹毛求疵的一面滞涩摩擦，互相损伤。困难的是，他无法对她解释，她不会懂。

这并非歧视，客观描述而已。阿全有时候也受不了自己。早年父亲骑自行车带他去少年宫，学小提琴，路过肮脏杂乱的街口，红灯停。他瞄到电线杆上贴的寻人启事，魏国林，男，五十二岁，前日傍晚在建国路桥底走失。身穿蓝色衬衫，黑色长裤，塑料拖鞋，手持××××一只。绿灯亮起，车子一晃而过，纸上的字瞬间飘远，他没看清××××是什么。那天上课，他全程心不在焉，一直想着这个和他毫无关系，名叫魏国林的叔叔，在人间失踪时手里到底拿着什么。

中午放学，父亲有事，叮嘱他在少年宫门口独自坐车回家。禁不住诱惑，他只身折返，一根根寻找沿途电线杆。半小时后，疑窦丛生的四个字终于在他眼前重现：军用水壶。那年阿全十一岁，不太明白军用水壶和普通水壶的区别，也许能装更多水，或者暗示他参过军。

有两个特点，从当时到现在不曾改变。一、他发现自己执迷于其他人不在意的细节，他们对事物是否具有价值，判断标准不一样。二、对他认为有价值的事，他愿意投注超乎常人的热情和好奇心，以一种坚定冷峻的方式。放在从前，他或许会反省自己过于龟毛，有点难搞。但年龄渐长，他明白了有些缺陷不必纠正，接受就好。

在阿全的恋爱公式里，爱情是个三角，三个顶点分别对应身体、性格、节奏。两个人处在相似的生命阶段，需求接近，就能保持和谐的律动。身体沟通无碍，性带来纯粹的愉悦。剩下就是性格了，最麻烦的性格。他不需要对方与他精神相通，这太难了。活到三十四岁，他已经习惯对现实世界开放一个狭隘的入口，只在这个狭口中与人交流。光靠自己就能让精神世界富足，无须借助外界力量。阔叶草正在狭口潜游，可进可退。如果在性格这一点上不逾矩，她可以游得更久一点。

偏偏她不。

发生了几件小事，让阿全嗅到闪闪烁烁的危险。保险丝烧掉的味道，通报他，这个人要引起警觉。比如李宇春。阿全看许知远做的《十三邀》，一系列人物采访，从导演到商人到艺术家。阔叶草不认识许知远，跟着阿全看过两集，认识了，嫌他说话拿着劲。阿全靠在沙发上用投影，她躺在卧室刷手机。投影一开，她忽然跑出来，也要看。

阿全把播放列表打开，让她挑。

咦，有李宇春？就看李宇春吧。

阿全按了开始。

李宇春穿一套水蓝色西装，走进谈话的房间。他们喝茶，茶杯瓷白，茶水淳黄，融合着背景里的白墙，一切看起来干干净净，和李宇春留给阿全的印象一样。太干净了，干净到怀疑她不在三维世界，那些鸡零狗碎，人人身上多少会沾染的世俗气息，在她这里不存在。她像一个充气人，脚底心有个阀门，一拔，就瘪塌掉了。灵魂飞去异次元，她来的地方，屏幕里的这个形象只是落在地球的影子，没有人味。这让阿全有兴趣看下去。

李宇春开口，描述她去威尼斯双年展看一件作品，名叫《大卫》，公众消费他、使用他、仰望他、破坏他，却不太清楚大卫是谁，阔叶草在一旁评论起来。

没想到李宇春红了十几年哎！小时候播《超级女生》我也看了，那时候我不喜欢李宇春，我觉得张靓颖唱功最好，但是我喜欢何洁。何洁以前好可爱啊，你记得她的脸吗？眼睛弯弯的，笑起来特别亲切。没想到现在李宇春成了大明星。

双音轨混在一起，阿全听不清李宇春说什么。他望了阔叶草一眼。阔叶草似乎浑然不觉，从沙发上翻身起来，走去餐桌拿水果，经过投影仪时，一大块黑影挡住了李宇春，来回搅打室内光线。阿全把音量开大一些，阔叶草继续说。

你看过《超级女生》吗？最喜欢哪个啊？你不会喜欢

尚雯婕吧？哈哈，尚雯婕不是那一期。哇你不会喜欢李湘吧？李湘当时好年轻，但是她说话怪怪的，有很重的鼻音。

阿全按下暂停键。

怎么停了？要不别看这个了吧，我们玩游戏好吗？

起初阿全只是猜测，狐疑，有点奇怪，她那种浑然不觉是假的。她知道阿全严肃地看她，眼神在问，能不能先收起你的评论？看访谈嘛，就是想了解新的信息，听人家怎么说，别把自己已经有的半瓶子醋晃来晃去。但她假装看不见。利用性格里的不细腻，假扮一个更粗放的人。她确实成功让阿全关掉视频，和她玩起了游戏。阔叶草赢了，还是，他太多心？

多相处一阵子，阿全确定，阔叶草是有意的。她的性格里有种表演性，平时看不出来，阿全一忽视她，或者有更强烈的东西覆盖了她的存在，她就被激发。无形中镁光灯一打，表演开始，带着小钩子，每一场演出都有确凿的目的性。站在这个视角，阿全留心察看，蛛丝马迹越来越多。比如掉头发。

秋天头发是掉得多一点，阿全清楚，虽然他从来是寸头。几年前有一任女友，头发长，一年四季所过之处无一幸免，都是一蜷蜷细丝，像泥鳅，看她当时染了什么颜色，棕色就棕泥鳅，黄色就黄泥鳅。秋天泥鳅最多。有时阿全扫地，扫帚被互相交缠的泥鳅裹了饱饱一层，可以做假发了，他们开玩笑。

而阔叶草掉的头发，顶多做假发的一副刘海。

一边捡她一边哀号，啊我竟然掉了这么多头发，我会不会秃？阿全瞅了一眼，不会。阔叶草把落发收集起来，集中在左手，看阿全没反应，哀号转变为哭诉，我觉得不太对，哪有掉这么多头发的，我大概生病了吧？说着人就变虚弱了，站不住，瞬间倒在沙发上。左手还死撑着，把几根头发紧紧攥在掌心。怎么可能？我看你身体挺好，阿全回答。不太好，真的不好，阔叶草说，去年体检医生按我肚子，我一阵剧痛，不敢让她按了。她问我什么感觉，我说没感觉，但是真的很疼！我不会长瘤子了吧？我好害怕，女生这个年龄最容易生各种病了。

阿全明白简单来说，她在索爱，很直接，也很讨人厌。他不是不能给她爱。但这种弱智的伎俩，把他拉进去，满足她，温暖她，抱歉他做不到。他的脸色只会变得更严肃，不上当，不接茬。没得到满足的阔叶草把戏码拉长，给自己买来芝麻核桃维生素，每次吃，都说要好好补补。

阿全不管她。但客观看来，他冷淡的次数变多了，这让阔叶草越发不安。和阔叶草的恋爱让阿全认识到,人与人相处总有高峰和低谷,或者不说那么大,凸起和凹陷。很多人能与你共度凸起,恋情里的甜蜜时刻,但如何走过凹陷,决定一段关系的生死。而阔叶草,似乎无法被置于凹陷。地势稍有低落,幕布就自动拉开,场铃响起,倒计时四三二一。

让一切最终曝光的,是吃鲈鱼。那天阿全生日,阔叶草提前告诉他,她要自己煮菜,给他一个惊喜。阿全准时回家,问她有什么要帮忙的。她说没有没有,出去出去,把阿全推到客厅。阿全玩了会儿手机,阔叶草说开饭了。他坐到餐桌前,开瓶红酒,给自己和阔叶草都倒上。阔叶草端出一盘鲈鱼,柠檬腌制,塞进鱼肚子里,剩下的切薄片摆在盘边。阿全一愣。阔叶草不吃鲈鱼,不只鲈鱼,她不碰所有鱼,鱼腥气让她恶心,拆鱼骨也很烦人,这是她亲口说的。

于是阿全问,这是鱼?

对啊,阔叶草说。

为什么做鱼?

阔叶草一笑,因为我爱你啊。

阿全直觉这顿饭完蛋了,吃不安生。鸡鸭鱼肉海鲜蔬菜,还有那么多选择,可以自然表达我爱你,阔叶草好死不死选了鱼。爱是和自我牺牲连在一起的，我连鱼都吃，看我多爱你。每夹一块，阔叶草对阿全的爱就明了一分，阿全渐渐被送入必须感激，必须反应的恐怖地狱。

他尽量不作声，把鱼吃了。

不开心吗？我做了你喜欢的菜。

开心。

但你的表情看起来不是很开心。

阿全放下筷子。喝了点酒，他想借酒劲，和阔叶草说实话。

你对我很好我知道，但是……可不可以自然点？

什么意思？

你非做鱼吗？换一个我们都喜欢吃的菜不好吗？

阔叶草突然火了，像被人点着一样，歇斯底里叫起来。

为什么你总是对我不满意？我做什么你都不开心？我都顾不上自己了，只想着你爱吃就好，结果你还是不高兴！能不能别这么挑剔，让我喘口气！

阿全无言以对，原来他在阔叶草眼睛里是这样的。如同数月前第一次感到异样，他再次问自己，阔叶草是故意的吗？还是，我太多心？

直到阔叶草把刀亮出来，阿全才肯定，哪里多心。阔叶草噼里啪啦走进厨房，把鱼倒了，垃圾桶踩得啪啪响。阿全不动。她在里面一阵静谧，气消了就好了，阿全想，没想到出来时手里握着一把刀。中长，锋利，说不清能用来削苹果还是砍人。阿全被惊醒了，酒意全无，你想干什么？他问。

这样的情况倒没遇过。他以往的情人里，最疯的一个扬言要跳楼。高三时的女朋友，阿全想不通是因为学习累，还是恨他。我太爱你了，女朋友说，你不会懂。但十七岁的阿全也当回事。他陪她在操场散步，帮她解数学题，打电话哄她睡觉，每天都确认了她今天不想死再入睡。结果女朋友超常发挥，考上第一志愿。楼是不会跳了，谢师宴吃完以后，她提出分手。

阔叶草和她也不一样。那个女孩骨子里很爱自己，阿全觉得，阔叶草连自己都不爱。所以她举着刀站在这里，有一种悲怆感，无论刀挥向谁，还是孱弱地放下，伤害都已经发生了。

为什么要这样对我！阔叶草大喊。

有过一个瞬间，阿全想冲上去，遏制她，哪怕抱抱她，让她安宁。但灵光一现，他忽然意识到，就连悲怆也是表演。阔叶草对一切心知肚明。从坐上餐桌的第一秒起，她脸上就打上了一层不可见的光，是娴熟的演员遇到大舞台，不自觉的兴奋。生日宴，鲈鱼，还有刀，全是她的道具。她的所有作为，都千方百计想从阿全身上挤压出一点爱。看起来几近失控，洋溢着疯狂与绝望，可悲的是，这失控恰恰在精准的控制之中。

阿全倒吸一口凉气，为自己冷酷的觉察。阔叶草需要的是一个对手，把一切当真，上去夺刀，安慰，大打出手。演哪出全凭心情。他不配。他只是一个观赏者，隔着玻璃，不会上钩，没有感情。他们之间确实形成了某种关系，但不长久，不过一时一地，像吸血鬼与猎手。

好了，阿全说，往阔叶草的杯子里加酒，放下刀吧，再喝点酒。

那晚阔叶草打车回家。十二点，天很冷。她草草穿好来时的衣服，背双肩包，手指上是刮鱼鳞弄破的小口子。窝在出租车后座哭，觉得阿全太苛刻了。拔刀是她不对，她冲动了，但阿全的反应莫名其妙。她已经忍了很久，忍不下去，硬上是她唯一会的。从小就没人教她怎么解决问题，谁声音大谁就赢了。家里就是面馆，大人们从睁眼忙到闭眼，听不见她。她只有吼，把自己像一只微弱的喇叭，推到墙角，发出对这个空虚而广阔无垠的世界忍无可忍的大吼。拉到最大音量，快爆表了，漏出刺啦刺啦杂音，啊啊啊啊啊啊啊啊——直到有人开骂。

有病啊！脑子是不是进水！有话快说有屁快放！

有回应就是好的，不是吗？

工作上也一样。阔叶草有一种急切，公司开会，生怕自己插不上话，那无异于置她于死地。想办法和领导搭话，任何话题，只要领导对她青睐有加，她就能活过来。男朋友也是，正眼看她的都没感觉，就喜欢改造病恹恹的。像一只小野兽，生机勃勃，热气腾腾，往最硬的石头上撞。这样一想简直悲壮，眼泪哗哗流。她念起从前，和崇哥那一段，自己有恃无恐多么奢侈。但她不后悔，没有爱，只有单方面瀑布般的照料，也不幸福。阔叶草擦干眼泪，心里空荡荡，不知道自己犯了什么重罪，要被抛掷在如此荒凉冷漠之地。

和阔叶草就这样完了。九个月，对阿全来说不短不长。他更加坚信三角理论，这次多了详细说明。三条边长度越接近，关系越稳定，没有哪一点特别突出，也不贫弱。尖狭陡峭的锐角固然增加了趣味性，但形状太像刀了。

阿全准备歇一歇，过去几年，总是在恋爱中，从一段关系切换到另一段。其实他不排斥和自己相处，这是他最擅长的，平静，滋润，省力。暂时也不想要性关系，虽然简单，但毕竟要面对不同的人。他爸最近从长沙过来，找他吃饭。大学时父母离婚，父亲再婚，和新老婆移居长沙，新女儿也已经十二岁。父亲端着手机给他看视频，脸上笑盈盈的。女儿在学校歌唱比赛得了第一，戴红领巾上台领奖，看上去一脸正气。

有音乐细胞啊，阿全说。

那是啊，遗传嘛。父亲是搞民乐的。

阿全知道自己放弃音乐改学理科，父亲没说什么，但心里一直遗憾。后继无人。他确实没那么爱音乐，过于感性，相对而言，他对世界构成的原理更好奇。他的感情观有一部分来自父母。从记事起，母亲就抱怨父亲，一个大男人，整天唱唱跳跳，专搞虚的。小小的他被种下一颗种子，搞虚的不好。长大就学洒脱了，不是你自己挑的吗，不喜欢就退货咯。母亲果然退货了，无货一身轻，这几年到处跟旅行团出去旅游，上老年大学，和小姐妹拍照发朋友圈，张张亢奋。诡异的是，她在老年大学选的课程，竟然是电子琴。

不是说搞虚的不好嘛。

父亲回长沙那天，阿全载他去机场。托运了一大箱土特产，还有老同事送的礼物。爸爸进安检口，说再见再见，挥挥手头也不回走了。阿全盯着他微秃的后脑勺看了一会儿，觉得这样的父子关系挺好，不累。如果所有关系都这么轻松就好了。

他手插口袋，晃晃悠悠走出门外。一排空姐拖着箱子经过，阿全退后，让她们先走。这成为他未来生活一个有趣的征兆。至今为止，他没有一任女友是空姐，两个月后，空白被宁宁填补。阿全没见过机舱里的宁宁，当一个个年轻的女孩被制服包裹，悬浮在云中，阿全分辨不出谁是谁。但宁宁穿起白衬衫牛仔裤，米奇维尼睡衣，凌晨三四点蹑手蹑脚从被窝里爬起来，阿全就认得出她的样子。

她比阿全小十二岁，大学刚毕业，入职不到一年。这对阿全是全新的体验。他在脑海中自嘲，我还没老到，或有钱到被小朋友傍的地步吧？没人回答。和宁宁在一起，与阔叶草大不一样。她很文静，有时近乎沉默。作息时间不规律，无法随时联系，被动地形成了一层若即若离的氛围。阿全看B站视频，滑到一个空姐up主讲行业乱象，转发给宁宁，问她，是真的吗？不敢相信她工作的环境是这样一个淫窝。大半天后收到回复，还可以吧，什么人都有，宁宁不多说。有意思，阿全想，为什么她的身体里，有那种超越年龄的镇定。

他发现自己起了变化。同一块金属，被投入不同化合物中，置换出不同元素。在宁宁身边，他有些多愁善感，担心自己太老，不时髦了，听不懂年轻人网络黑话。专门花了两个晚上，钻研零零后缩略语系统，宁宁不是零零后，但领先点没错。再给宁宁发消息，他假装不经意随手使用xswl，ssfd，hhhh，宁宁给他回黑人问号脸。

我不是这样说话的，你正常打字就好了。

哎，没事，练习练习。

不知道她不排班时想做什么，小心发问，假期怎么安排？宁宁说她第一天通常睡觉，第二天可以约会。去唱歌怎么样？你不会嫌弃太老土吧？

不会，宁宁回。

很多时候看不穿她的表情。阿全养成一个新习惯，闲来无事，会悄悄把她照片调出来，放在眼前，拉大，拉大。倒不是欣赏，想研究研究，她脑袋瓜子里在转些什么。这带给阿全无可名状的乐趣。现实生活中，他偶尔恶作剧地突然抬手，打断她的凝神，嘿！你在想啥？宁宁只是说，没什么。

百样米养百样人。才认识一个多月，朝夕相处不到十天，阿全也不能完全说清，她究竟是无趣寡淡，娴静温和，还是理论上也可能存在的……城府深？

一次吃饭时喝了点酒，宁宁说，她不喜欢空乘这个职业，当时寝室同学一窝蜂去考，她也去了。层层筛选，面试体检笔试都通过了，考虑了几天，还是决定接受。作为应届二本，她的起步薪资是室友两倍，有时三倍，还能免费四处游玩。她打算飞几年，存点钱，和朋友合伙做个生意。具体做什么没想好，但慢慢会想出来的，是吗？

这句是吗，让阿全心软，把城府深三个字划了个叉。在醉谈中，宁宁向他袒露了心底真实的想法，她应该就是温和吧。有些人确实性格如此，情绪稳定，不温不火，这算是优点的。

宁宁提到她爸妈，说出来上大学后就不怎么和他们来往了，今年过年也没回家。她还有个哥哥，爸妈宝贝儿子，不太管她，他们三个更像一家人。说话也像，叽叽喳喳，非常擅长夸张地在外人面前洒狗血，听得宁宁脸红。所以她喜欢平庸的人，庸常的事，埋没在人群里，一切适度就好。

阿全对她生出一股柔情，柔情或是同情，混杂在一起，他一时不想辨析。不过那句话里有个词听起来略微刺耳，平庸？她觉得阿全是平庸的人吗？

无论如何，他们的生活是安静的。阿全放了心，全心全意照顾她。宁宁想换一部新手机，阿全带她去苹果店。

我可以等飞美国时再买的。不用麻烦了吧，阿全说，直接挑。

也在宁宁住的小区附近办了两张健身卡，加起来一万多。现在健个身都这么贵了，阿全回忆起刚工作的时候，有了可支配的收入，又不太忙，每天下班就去健身房跑跑步，练练器械。那时年卡才一千。和宁宁并肩对着落地窗跑，阿全没心思瞻仰高楼大厦，也不像宁宁看美剧，只关注上下起伏的自己看上去别显得太喘，比宁宁早停下来。跑了一段日子膝盖开始作怪，内下方痛，走路一不小心腿伸太直，就钻心地来一下。他消停了几天，只练上肢，宁宁一个人跑，跑完依旧活蹦乱跳，让他嫉妒得要死。二十三岁的骨头就是比三十五岁的硬。阿全意识到，关节炎、痛风、脂肪肝、糖尿病、高血压、腰椎间盘突出，各种小时候睁着无辜的大眼睛，事不关己听叔叔伯伯们谈起的疑难杂症，将会排着队来找他。不致死，但让他活得不痛快，随时提醒他老之将至。他立刻网购，鱼油钙片买了一大堆。抽屉里一瓶只吃了三分之一的维生素，阔叶草留下的，也被他挖出来，物尽其用。一天三粒钙片，连服一个月，他隐约感觉喉咙里卡了一块小骨头，喝水受阻。阿全仰起头，揉揉脖子，再次确认自己是个难搞的人。

宁宁靠在沙发上点外卖，年轻而健康。阿全闷闷不乐走过去，手放在脖子上不拿下来。宁宁没注意他，他主动失重般地坠落在她身旁，幽怨地说，我老了，快死了。

嗯？宁宁问。

我死的时候你还会活在世界上。

宁宁面无表情。

阿全满腹哀伤不知向谁诉说。

我再点一次这家的排骨汤吧，挺好喝的。下完单，宁宁起身给手机充电。

阿全被遗留在原地，轻声说了句，也行。

一个晃神，他惊觉这个场面似曾相识。有人用相同手段对付过他，大半年前，就在这里，他处在宁宁的位置，如同一摊烂泥瘫在靠垫上的，是担心头发掉光的阔叶草。时至今日，他和阔叶草在时空中错身，旋转，融为一体。他竟然成了曾经讨厌的人，矫揉造作，企图把宁宁往索爱的旋涡里拉。阿全从沙发上弹起来，一阵恶心，对自己。叮——门铃响了，宁宁开门，戴着兔子耳朵的外卖员祝他们用餐愉快。

阿全喝了三碗枸杞山药排骨汤，一次性餐盒里还装着豉油鸡、蒜蓉虾、黄豆酱炒空心菜。吃完把塑料袋一扎，扔进垃圾桶，不用洗碗。宁宁躲在卧室和朋友视频，阿全打开投影仪，准备看个电影。一束倾斜渐宽的光线映在墙面上，阿全想起阔叶草在亮光里走来走去。那个反复敲打他的问题又浮现了，那时，阔叶草是故意的吗？还是，他太多心？

投影仪自动做出了回答。无意中触碰到确认键，一个视频网站自制的综艺节目跳出来，片头花絮集中了几个男女明星夸张的尖叫，啊怎么办！！！我不是故意的！！！对不起！！！我是真的真的真的不知道！！！

阿全摸出手机，黑暗中一块僵白的方块。点开微信，在通讯录里找到阔叶草。太长时间没对话的人，拉到她时，头像会轻微一颤，换了一张。照片里，阔叶草穿着一件荧光黄毛衣，换了发型，模糊的笑脸悬浮在毛衣之上。似乎有一种，区别于过去的柔和与干练。阿全仔细看她，两指定住屏幕，拉大，拉大。

2020年

SUCK U

　　酒店在一座中世纪建筑里，有八百年历史。八百年哦，管老头说，挥动他手上天空蓝的小旗。车上睡倒一片，旅行到第六天，大家已经对管老头的解说失去耐心。他不会给你确凿的历史、文化、数据，只是每次随机地被词语牵引，带出一连串规则、经验、熟人的故事。所以当他说到八百年，她把注意力从窗外无尽的绿野扭转回来，看了看他。钟在她左侧，睡到脖子像树上的果实悬垂下来，好像一不小心就会瓜熟蒂落。她拍拍钟，快到了，醒醒。

睡魔有一团焰火，很轻很轻，含混黏稠，把所有人裹搅进嗜睡的空气里，成为一块琥珀。她把它叫作梦魇。不是那个梦魇，常说的，而是她发明的另一重意义。睡魔驱动十指，在有和无的边界撒网造梦，蒙骗人放弃意识，合上眼睛的魔法。

到了吗？钟一说话，琥珀就裂开一块缺口。

到了哟！管老头吼，声音通过话筒扩散出来。看见全车人轻微惊骇地醒来，管老头笑了，嘿嘿嘿，跟你们开个小玩笑。我们把车停在城外，这种老城，里面是不能进大巴的哦。就住一天，你们真是运气好啊，不是每个团都能住市中心的。有时候我们住在郊区，新造的酒店，那种酒店很没意思，有一次……

导游啊，有人打断他，走路到酒店要多久？我们自己把行李拖进去吗？

管老头从他散漫的思绪中被拽回来，酒店不远，五六分钟。不过是那种小石子路哦，箱子拖在上面咯噔咯噔，大家注意保护好自己的行李，也别破坏路面哦。

她想一定不止她一个人翻了白眼。

管老头接着说，明天还是这部车，九点离开，但是大家别把贵重物品留在车上，丢失了我赔不起哦。零食，水壶，你们打瞌睡盖的衣服，不重要的一些杂七杂八，你不想带走的话可以留着，但最好不要……

果然五六分钟就走到了。老城就一条主路，两边是黄墙房子，不是意大利那种黄，是柔和淡雅的黄，像鸡蛋煎到全熟，蛋黄由液体时的橙黄慢慢转淡，凝固成更加温厚的颜色。管老头举着小旗冲在最前，问他们收护照，护照交来，护照交来。她把两个红本递到管老头手上。一个高大的身影推着一弯金色小车过来，是行李员，送给她一脸过于灿烂的笑容。

嗨！欢迎住店，你们从哪里来？

钟和几个烟民趁登记入住的片刻在门外抽烟。她回答行李员，你好，我们来自中国。

中国！行李员一手握着小车一手插在腰间，很棒的国家！

谢谢，她说，你是哪里人？

我来自非洲，行李员说，一个你没有听说过的地方。

哪里？

阿尔及利亚。

我知道阿尔及利亚，非洲北部嘛，大国。

哇！你的地理真好。没错，在阿尔及利亚……反正我最后来到了这里。

行李员口音浓重，她没听清中间一大段，猜想是他在回溯身世。说完他有点亢奋，仿佛交代了历史就成为朋友，用手肘捅捅她，是不是很棒？

哈哈是吧。

我叫伊肯，你叫什么？

我叫林。

嗨林，你和谁一起来的？

我丈夫，他在那里，穿蓝色夹克那个。

哦真不错，他是医生吗？

什么？

他是医生吗？伊肯脸上挂着满满笑意。

不是啊，为什么这样问？

哦我想知道他是不是医生。那你呢？你在医院工作吗？

她有点毛骨悚然，不是。

你为什么不做护士？伊肯继续问。

对不起导游叫我们了哦，她说。

好的，有什么问题随时找我，我就在门口。伊肯从金色小车上匀出手指，指指入口处右侧小小的一张礼宾部桌子。

她抽身出来，往管老头周围的人群里扎。回头瞥见伊肯正在搬运他们团队的行李。一件一件，井然有序，按高矮胖瘦整齐罗列在小车里。可能只是文化差异，她给他找理由，也许在阿尔及利亚，医生是最好的职业也说不定。

来来来都过来听好！管老头从前台拿回护照，煞有介事站在大厅中央。他享受被众人簇拥的感觉，有一个天大的消息尚未宣布之时，是他心情最愉快的时刻。可惜对他们这趟旅途来说，迄今为止传来的任何消息都不够大，还不够，很不够。没有谁丢失护照，也没有被抢。管老头只好尽情拿捏每次登机和入住前有限的时光，延迟消息的发布。

他扬起二十本护照，我现在分发护照，大家回房间休整一下。洗把脸，洗个手，洗澡就免了吧没有那么多时间。晚一点还要出去吃饭，就在大厅集合。我告诉你们哦，这家酒店有八百年历史，有没有看到那边，那是他们的餐厅，这个餐厅可神奇了，里头有一棵橄榄树。这棵橄榄树有多悠久呢，我想应该没有耶稣诞生悠久……

什么嘛，这个管老头，就喜欢乱喷宗教和神话。她想起出发前在机场，标记为H的柱子下，管老头身穿米黄色导演背心，拉着一只很旧的登机箱进来了。忌惮于他的年龄，他们以为摊上了一位好导游，心中还存有一丝恭敬。他自我介绍，我姓管，管道的管，接下来会和你们相处十天。转身过安检，大家把抽掉的皮带系回腰间，冲进免税店准备购第一波物。管老头把人扣住，介绍登机事项，一直讲到烟酒口红差点泡汤。他们恍然大悟，原来是管头管脚的管。

第二天，大巴穿行在阿尔卑斯山南麓，窗外的景色有一种让人窒息的和谐，绿就一大块，蓝也一大块。管老头扯起宙斯，管他阿尔卑斯还是奥林匹斯，张口就来。宙斯这个神祇我跟你们讲哦，也是够烂的，他想和一个美女偷情，又怕老婆知道，就把美女变成一头母牛。说完哧哧哧笑起来。还愤世嫉俗，在快到渔人堡时大骂印度人，车过链子桥又大骂美国人。团队里几位阿姨看不下去，派个代表跟管老头说，导游啊，我们是出来玩的，纯玩，莫议国是。

管老头气疯了，然而身在服务岗位，不好发作，只好学习闷不作声。他的导游专座靠近门边，小翻椅，没人坐的时候很节省空间地翻叠上去。后几天车里装满沉默，她睡不着，时不时瞄到管老头的小蓝旗从座位顶上伸出来，探探头。

喂导游，说了半天到底几点集合？你快把护照发下来啊，抓紧时间。

表演者

管老头看看手表，二十分钟，好吧？给大家二十分钟。现在就发，现在就发。

晚餐在老城一家中餐馆，和以往一样，还是团餐。她已经吃腻了一路的中国菜，番茄炒蛋，宫保鸡丁，西蓝花炒木耳，加了淀粉黏糊糊的紫菜汤。她和管老头打招呼，说他们两个不去吃了，自己解决。管老头上下打量她，自动放弃也可以，晚上饿了没东西补哦。

不会要你补的啦。

拿到护照，人群散去，大厅宽敞下来，她终于有机会观看酒店全貌。酒店像一个温暖的洞穴，线条和煦，到处遍布装饰性的拱顶。房间围绕着中庭，分布在四个楼层，走廊边的雕花围栏让她联想到音乐。波浪和波浪，不断漫延，重复的图案因为倾斜而不显得枯燥。人的想象力真的是很有限啊，她反思自己，为什么建筑一旦灵动起来就接近音乐呢。而音乐凝固了，也可以不是建筑，只是冻僵的音符。

钟进来了，带来一股夹缠着烟味的冷风。他们排队，坐小巧的透明电梯来到三楼。房间靠左手边，也有一块洞穴般的拱顶，把窗户笼罩其中。家具都是厚重的实木，深棕色，坐垫和床罩是老电影里经常看到的，红黄交替的条纹。一进门就是衣柜，不像现在，流行把衣柜做得和天花板一样高。这里的柜子突突兀兀站着,与射灯一臂距离,让人充分意识到它是一只柜子。里面应该藏一具骷髅,她想,才配得上这样的古老和庄重。

没有骷髅。猛地拉开,挂着一排圆弧形衣架,底下是熨衣板和吹风机。

钟扑到床上,没脱鞋,两只手架在后脑勺上发呆。床的正对面有一张黑白地图。从钟的视角看起来,图中深深浅浅的陆地和海洋,构成了一块被虫子吃掉几口的湿饼干。他眯起眼睛,在饼干上罩一层纱。

笃笃笃,响起一阵敲门声。

钟用脚指指门的方向,你去开。

她闪进厕所,你去。

干吗啊?

快去。

钟打开门,接过行李,从口袋里抽出一张零钞付小费。

房间重新安静下来,她从厕所出来。

这人没和你说什么?

没有啊。你有什么毛病?

你说对了,有毛病的人可真多。

钟把行李推到床边,打开,取出放在她化妆包里的洗面奶。她把在布拉格买的赤膊小人翻出来，轻轻剥下硫酸包装纸，让它靠坐在窗台上。陶土做的小人，一个巴掌高，小脸笑眯眯，头发蜷蜷的，盘成两枚小髻缀在耳边。浑身上下没有一件衣服蔽体，表情仍然开心满足。她拉过椅子，观察它，心中被一股莫名的欣喜充斥。看了很久，好像它会动，会走路，会说话，会拎个袋子跳下窗台，到街上购物。买回它喜欢的彩虹糖、巧克力豆、芒果味酸奶，在光溜溜的腿边铺一块野餐垫，开始生活。

钟洗完脸出来，问她，你干吗呢。

她把赤膊小人收回包装纸里。

天色已经发暗。在发暗前，有一小段诡异的明亮，透过窗户射进来。被中世纪楼群阻隔出的天空，像一块哭泣过的冰，又纯净又蔚蓝。他们决定不走远了，就在酒店的餐馆里吃，顺便去看看那棵橄榄树。管老头提到的，在他匆忙驳杂，如废纸般纷纷扬扬的句子里，竟然也夹杂着一两片有用的信息。她等待了几分钟，从窗口望见团里的人纠结成云朵的形状往路口移动，庆幸此时此刻，她和钟不在里面。

伊肯也不在。礼宾部的桌子空空荡荡，缩在一团黯淡的光里。大堂通向餐厅的道路被照亮了，顶上悬挂着一长排枝形吊灯。灯光指引他们往里走，结束在另一个圆滚滚的房间，像刚刚开凿出来的隧道，放着十二张餐桌，每张耸立起两座用餐巾搭成的金字塔。墙壁斑斑驳驳，挂了暗红艳金的宗教画。仿佛再往里挖，就快要抵达宝藏了。

服务员领他们坐下。钟环顾左右，没见到橄榄树，大咧咧发问，橄榄树在哪里？

服务员笑了笑，您说什么？

橄榄——树——钟怕自己的破英文出错，迟疑地把两个单词分开念，瞥了瞥她。你说得对，她无声地点点头。钟继续努力，把语速放慢——我们听导游说，这里有一棵……有一段很长历史的橄榄树。没看见啊。

啊，服务员似乎明白了，您稍等。回身取来两本菜单，搁在她和钟面前。

您说的是它吗？

放眼望去，确实是一棵橄榄树。高大，健壮，繁密，作为一团深绿的阴影被印在菜单封面上。

这是我们餐厅的logo。

钟立刻涨红了脸，死管老头，给老子吃药。

她在对面笑到发抖。

傻逼，loser，才喜欢玩别人。钟又骂一句。

他很少爆粗口，她知道他真的生气了，不再笑他，想说点什么缓解尴尬。

别和他一般见识,毕竟是一个连神祇和神衹都念错的奇葩。

什么东西?

她抬起头,发现钟不耐烦地睁着被怒火浸染的眼睛,没听懂。

没什么,饿啦,快点菜吧。

钟喝了一大口水,渐渐平复下来。服务员已经礼貌地退到一旁,给他们留出时间。她打开菜单,第一页写着大大的MENU字样,和脑袋上有一小撇的À LA CARTE,法语,单点的意思,19世纪被吸纳进英语,指不吃套餐。她小声惊叹了一下,脑海中某个模糊的处所被掀动,和À LA CARTE有关的一件小事,没有任何预兆地跳出来。她曾经见过À LA CARTE,听过,学过,与人交谈过。从没想到,会在现实场景中应用。那时带有异域风情的À LA CARTE,是英语教材里一个章节的小标题,下面配着拙劣的漫画,一个大腹便便半秃的老头,竖起肿胀的食指,跟戴着领结花的服务生点单。这些不重要的细节,她以为早就忘了,忽然间从即将溶化的记忆之池中复现,一点点清晰,显化,翻涌回来。

好像是大学二年级,开春,一个学姐给她介绍了一份兼职，去学校附近的五星级酒店做员工英语培训。她不是英语专业的。没关系，学姐说，酒店英语特别简单，高中生都能教。她答应了。每周到岗三天，每天两小时，月底从HR手里接过厚厚一个信封，两千五百元。对刚满二十岁的学生来说，那是一笔巨款。酒店办公区域设在地下，不刷墙面，水泥色肠子里绽开一间间办公室，都以B开头。为了显得专业，她买来人生中第一套职业装，白衬衫，中跟鞋，跟在HR身后扭进B02还是B03，签署了第一份写着她姓名的工作合约。从此由地表潜入地底，给员工们上课。每次来的人都不多，三三两两，有的一身黑衣，有的白色制服，散发出和制服相匹配的切菜板或门把手的味道。

慢慢她懂得了他们是谁。以前班里最差的差生，中专或职高毕业，考不进大学，就来当厨师。分不清"How are you doing"和"What are you going to do"，最擅长玩帽子。一上课就把自己像一张便携桌对折起来，塞进教室最后一排的夹缝里。帽子毫无悬念地出现在手上，从左手传到右手，起跳，对接，有时候突然袭击，扔向同事的肩膀和后背。同事趁她写板书时捡起来，丢回去，两个人隔空大战。也有安静的瞬间，细细核对帽子上褶皱的数目，盖在教科书上打瞌睡，醒过来帽子已经被压扁。

他们捋捋头发，拉拉帽子，脸上带着懒洋洋像自嘲又不是的讪笑，打个哈欠戴回去。

老师，课好长啊，我要上厕所。

去吧，她说。感觉自己是幼儿园阿姨。

有几次排班和课程冲突，他们托同事请假，某某今天不能来了，短短一句，满是艳羡。下课前她在点名册上画钩，睡了一整节课的张三李四跑过来，精神倍增地说，老师啊，那个谁谁你也给他勾上吧，他肚子痛，出不来，缺课会被领导骂的。最兴奋的是临时改变工作安排，一个声音在门口喊，小张! 出来! 小张们脸上闪过一层浮光，像获得解救的孙悟空，从巨石底下蹦出来。啊老师，对不住了，我先走一步!

无论如何，她还是认真上课。加大音量，对空空如也的前几排讲，来，打开课本，我们今天学习如何听懂客人的点单。

可是老师，我不是餐饮部的，不需要学这个。

学一下嘛，都是酒店系统，万一有用。

但是老师，真的没有人跟我点菜啊。

那你去和领导说哦，太极打来打去，她学会一招绝杀，又不是我规定要你学的，你领导批准，你就什么都不用学哦。

管用。

教材实用得惊人,一上来是鸡蛋的无数种煮法。备课时她吓一大跳,从小到大,如果按三天吃一只鸡蛋来算,她耗费了两千四百多只鸡蛋,还没把这些做法吃全。单面煎,也就是太阳蛋,内黄外白,最外圈焦焦的,太阳那面向上。双面煎,则需要翻过来。带壳煮,去壳煮,全熟,半熟,微微熟。奥姆雷,鸡蛋羹,软软炒,硬硬炒。一边照本宣科她一边感叹,人类烹制一枚动物诞下的卵,竟然精细到这个地步。

然后就出现了À LA CARTE。她没听说过这个词,当年的网络语焉不详,大学侧门的西餐店也只有中文菜单。她决定耍阴招,乔装成博学的老师,向在座颓靡的学生们发问,哎,这是你们熟悉的,À LA CARTE,谁来说说是什么意思?

果然上钩了。一个之前从没有和她交流过的女员工,套在不胖不瘦标准款的黑西装里,从角落冒出头,用尖细但爽快的嗓音回答,À LA CARTE嘛,就是单点。

怎么单点?

就是客人过来,说要À LA CARTE,他不想吃我们的套餐,就自己点呗。

没有人表示异议。她顺水推舟,表扬她,你说得对,看吧,这就是你们的专业技能,在经验中学习。

女孩被她夸得很高兴,以后每节课都能看见她。也不坐角落了,从第四排挪到第三排,从第三排挪到第二排。她介绍自己,叫Avril,那个年头艾薇儿正流行,《滑板少年》被花哨地写成*Sk8er Boi*,"He was a boy, she was a girl. Can I make it any more obvious?"。

她和艾薇儿熟悉起来,是从一次无意中介绍电影开始。为了解释一个句子的用法,她引用《料理鼠王》的台词,顺便讲了讲那只爱做菜的老鼠。艾薇儿很感兴趣,下课后挪到讲台边,问她还有什么好看的电影推荐,最好也是动画片。

有很多哎。

就说你最喜欢的三部吧。

《超人总动员》《海底总动员》《玩具总动员》。

哈哈,干吗老是总动员啊。

从此以后,艾薇儿每节课都提前十分钟到。偶尔她乘的公交车脱班,紧赶慢赶冲进教室,艾薇儿会帮她把黑板擦好,关照她别着急。张三李四们讽刺艾薇儿是林老师的跟班,艾薇儿翘起涂得粉粉的嘴唇,呸他们,你管得着。学习气氛骤然浓郁了许多,至少她知道,说出去的话有人仔细听着,并非一池死水。这激励她,在备课时多准备一些材料，扩展开去，就像她正在上的新东方——不是烹饪学校——英语学校的新概念课，一口美语非常可爱的老师，会聊天唱歌讲笑话，让人觉得学习外语不那么枯燥了。

除了艾薇儿以外，有个男学生也让她印象深刻。周黎明，她在他的名牌上读到。他尖嘴猴腮，有点口吃，热衷于问非常基础的问题。例如，there的th怎么发音。一群people为什么不加s。辣到底是spicy还是hot。他每周上两天课，另一天排班，课后必定捧着密密麻麻的笔记本，环绕着她提问。她站在讲台边，耐下性子，听他磕磕绊绊慢悠悠地把问题描述清楚，再尽量以简单的语言解释给他听。他点头如捣蒜，换不同颜色的笔芯记下来，那一刻好像真的理解了。教室里人都走光，周黎明才收拾东西，眼神直来直去。望着他的背影，她经常感觉无力，仿佛面对高山大海，而吾生有涯。

那年圣诞节，她给全班带了费列罗。源于中学时一个很酷的英语老师，在情人节往每人桌上发一颗当时还很稀奇，头顶插一根飘带的好时Kisses榛果夹心巧克力。艾薇儿、周黎明，还有拉拉杂杂待在教室里的员工们都吃了。他们在一派甜蜜的氛围中展开学习。这时她灵光乍现，不知哪根神经搭错，想开个玩笑，教他们说几句骂人的话。不是早就有人总结，脏话是通向掌握外语的捷径。第一句蹦出来的，是新概念老师前不久教的，从美剧里扒出来，配上他充足了气非常雄壮的男中音 —— 你真烂。你可真烂。你他妈真烂。你烂透了。好多场合都可以用，被人撞了，男朋友出轨，孩子不听话，或者照镜子时纯粹想数落自己一下。只要铿锵有力把这两个单词摔出来，一肚子无名火就熄灭了。

于是她带领大家念，Suck you!

Suck you!

为了赶时髦也可以把you简写，Suck U!

Suck U!

发音清晰，句式简单，当下就牢牢刻进心里。一时间，所有人杀来杀去，把节日气氛推至高潮。下课后，周黎明照例来找她，这次却没有带着问题。他从笔记本的夹层里摸出两张电影票，老老老师，周末有空吗，一起去看。她愣了一下。从没想过要和这里的员工发展任何课堂以外的关系，况且是周黎明。等等，这句话什么意思，况且是周黎明。来不及细想，周黎明的眼神在她面前停滞太久了，她随便找了个借口搪塞过去。周黎明还不走，好像没听懂她的意思，以为她对学生温和就是对他温和。必须抓住点什么。她看见艾薇儿还在，就清清嗓子假装拉郎配，诶小周，你可以找艾薇儿去看电影啊，她最喜欢看电影。

看什么电影？艾薇儿过来。

没什么！周黎明抢在她回答前合上本子，走了。

艾薇儿白他一眼，用刚学会的俚语报复，Suck U!

那天回学校，她躺在床上，回复了两个圣诞快乐的群发短信，其中一个来自钟。那时他们是普通朋友，高中同学，她对钟的了解只停留在他是个心思有点活络的富二代。临睡前，她回想一天中发生的事，觉得有些残忍是必要的。她无法想象她和周黎明站在一起，那种分隔自然而然，就像几年以后，她不用想，就接纳了钟站在她的身旁。她闭上眼睛，即将入睡，一片细小的阴影钻出来。有什么东西搞错了。睡魔的网徐徐抛撒，覆盖半身，仅存的意识在记忆中上下检索。最后一个回房的室友关上门，很轻，没打开灯。该死，她被惊醒，她知道是什么错了。

U suck，你很糟，而不是Suck U。顺序反了。反过来几乎有色情含义，不，就是色情。她带领他们热火朝天喊了一下午，竟然如此耸动。没有一个人发笑，只因为有限的英语水平和知识储备，让他们没有能力把问题识别出来。她将被子拉过脸，盖住。不仅仅感到害羞，后悔，丢脸，不是这些。说错就说错了，没什么大不了。但他们热情地跟着她大声重复，轻易记住，以后也许会在形形色色无法预料的生活情境中使用，这个画面让她揪心。

　　回忆到这里戛然而止。后来的事，就很普通。没有人再提到Suck U，课还是照常上下去。到了大三，她去大公司实习，把这份兼职辞了。和艾薇儿断了联系。有一次路过酒店边门，正好撞上周黎明站在那里，从没见到过工作中的他。她低下头，想快快走过，没想到周黎明把她认了出来。他僵硬地扭转身体，敬个礼，说了声林老师好。她哭笑不得。

　　钟叫来服务员，指指菜单，要了有芝麻菜和蓝纹芝士的沙拉，火鸡肉藏红花烩饭，一杯红酒。她也点了红酒，主食是牛排配意面。钟交叉双手，透过囚禁在玻璃罩子里的烛光，观赏墙壁上的画。都是宗教题材啊，他说。她没回答。忽然钟提高音量，擦，这里面也有橄榄树。她抬头望，一个看起来像是耶稣基督的男人，抱膝坐在山巅，身后一片树丛。从理论上讲，未必是橄榄树，但今天他们寻找橄榄树，眼中的一切就都是橄榄树。

　　吃完饭，心情和胃都变得平静。他们荡荡悠悠走出餐厅，钟牵起她的手，她把指尖盘踞在他的掌心。再次路过礼宾部，这次伊肯在，从桌子后面发出一个职业性的、不逾矩的微笑。他们回以微笑。回到房间，钟躺倒打游戏，她准备洗澡。挤牙膏时，看见沐浴在柔和的灯光下，镜中的自己仿佛一幅油画，镶了隆重的金边。刹那间所有现代物品都流走了，四周黯淡，只剩油画中神色肃穆的妇人。如同通往另一个世界。在中世纪，不是没有可能，也有这样一位妇人被束缚在画框中。她摸索手机，想拍下来，但怎么拍，都表现不出璀璨金黄的色泽。机器和人的眼睛是不一样的，机器无情，人才会给平凡事物赋予光晕。

下次，我们能不能自由行啊。洗完出来，她问钟。

钟没有停下手指。都一样嘛，这样更省力，有车子带我们跑。

但自由行的话，我们可以自己决定去哪里，吃什么，也不用将就不喜欢的人。

哎，关系不大，两害相权取其轻。

酒店的床很舒适，窗帘厚重，晚上睡了个好觉。醒来就再有力气对付管老头。倒数第三天，她查看行程单，他们要去两个教堂，一座旧皇宫。坐上来时在车里的老位子。车一发动，悄无声息就在高速公路上开出好远，酒店，老城，这个东欧腹地美丽的小国转瞬消失了。又将抵达新的城市，不一样的历史，不一样的建筑，一样的中餐馆。停车用餐前，一扇插着彩旗的门从窗边闪过，管老头抓起话筒。

各位朋友，各位客人，请看向你们的右后方，那扇大铁门上为什么挂着彩虹旗？

作为车里为数不多的年轻人，她主动接话，LGBT。

对哦，管老头说，这里是支持同性恋的组织。

让她意外的是，他没有流露一点愠怒、一丝批判，语气平静得像一个心态开放而宽容的年轻人。她有点感动，真挚地想，原来管老头也不是不可以对话的。然而一秒钟之后，他就被打回原形，一如既往开始胡扯，男同性恋是gay，女同性恋是蕾丝边，蕾丝边不是蕾丝的边，是谐音啦……她又很想捂住眼睛，假装车厢里没有这个人。

2021年

金

今天早上，我梦到了孔雀。很奇怪的梦。我和一大群人从教学楼出来，准备回宿舍。天突然降温，我忘了从谁那里随手抓过一条毯子，披在肩上。孔雀跟在我们身后。据说每天傍晚太阳快落山的时候，它都会窜进校园骚扰路人。我不管它，继续走。有个声音叫我，快把毯子丢掉，它以为毯子是你的羽毛，会来追你。我没听，太冷了。孔雀果然追上来，在人潮里精准地劈出一条小路，直直朝我杀过来。我还没来得及做什么，就被它喷射而出的精液溅到，其中一滴落在手背上。它以为我是它的同类。但问题是，我是女的，而它是雌孔雀。

我返回教室，擦手。赵赵也在。坐在属于他的那张课桌后面。我很高兴，想加他微信。他报出他的微信号。我拼命记，在梦里想记住一件事很难，一用力，就戳破梦的屏障掉到现实里来。阳光透过牛仔布窗帘照进房间，我翻个身，想让自己回去。一定要加上微信，我在半梦半醒间想。

每次梦见赵赵，我都会记下来，虽然我已经快记不住他长什么样了。从当时的公司离职到现在，整整七年，2012年3月，我还没开始用微信。赵赵是坐在我斜对面的同事，两边头发剃短，脑袋后面扎一个很骚包的辫子。其实我一直没弄清楚他是不是gay，也不敢问。他和金、楚楚、王犀林关系很好，每天一起吃饭。一个小团体四个人比较正常，两两配对，娱乐性地相互攻击起来势均力敌。我加入就显得有点多余，但金主动接纳了我。她比我大三岁，是个小领导，人出奇聪明，赵赵他们表面上和她打打闹闹，实际上都听她的。我对她的感觉很复杂，我不想说。她好像能勾起我身体里特别的反应。不是生理反应，你想错了，我说的是那种，不单纯的，矛盾的，你觉得有什么在滋生，但无从谈起的反应。

我搜索了一下日记，发现今天是七年来，第十三次梦见赵赵。平摊到七年里，也许不多。但不是均分的，前五年我完全把赵赵抛到脑后，我强迫自己抛的，我往生活里填充了太多的人，轮不到他。但最近两年，梦见他的次数开始增多，或者说，我做梦的次数也变多了。我的心理咨询师说，人都有未完成情结，一件想做的事情没做完，就在梦里做完。对不起，我知道这种说法很装逼，我的心理咨询师。如果是金，她会挤眉弄眼笑我，哎哟喂，厉害了啊，都有心理咨询师了。但是，我确实有。

我不确定这样的梦算不算春梦。我们在梦里很节制，什么都没有发生。我想春梦应该可以分为精神性的和生理性的，赵赵这个，是精神性的。我醒过来总是喜忧参半，夹杂着长大以后很难去除的起床气，觉得自己是个一碰就爆的气球，在房间里飘，最好谁都别过来惹我。暂时没有。我是说，暂时没有人会来惹我，能惹我的都被我从身边切掉。两年多来，我就像一只炸毛的猫，浑身鼓胀着分不清坚硬还是绵软的刺，一个人生活。

不能否认，心情的基底是愉悦的，哪怕只有薄薄一层。赵赵身上有种让人很舒服的混沌，像一团没有箭头的射线，温暖地往四周发散光芒。他不会刺痛你，无论你说什么，都能很温和地接着。穿过他想营造的桀骜不驯的外表，你很容易就能感受到他的善意，他内在的质地是柔软的。但也是这种混沌，让人看不透他真实的想法是什么，他望着你微笑，有时候你会怀疑，这笑里是不是带着一种懒得辩驳的讥讽。同事三年，我不知道他有没有谈过恋爱，工资多少，喜欢刚调来的新老大还是不，甚至性取向。他好像只做最浅表的事实的陈述，其余一片空白。

又梦见赵赵。我在日记里记了一笔。打开手机，当然没有他的微信。过去的同事，我只和楚楚有联系，她顶着猫猫狗狗的头像，一年大概会跳出来和我说话两次。我们不是点赞之交。后来我才意识到，我是那种一出生就擅长分辨由谁掌握权力的人。是人际间的过度敏感，让我对一点点失衡都十分警觉。楚楚和权力无关，她在权力鞭打不到的区域，这不是说她不屑于使用权力，或者放弃，而是她身上的快乐、简单、无脑让她可以手无寸铁，就快速穿越各个阶层。她对权力免疫。所有人都喜欢她，从老板到快递。我谈不上喜欢，但是不会伤害她。

在愉悦以外，还是会有点惆怅，通过梦和一个过去的人完成联结。听起来很无力。那就无力吧，现在我不再执拗了，不再想着，一定要做点什么。如果不是梦的提醒，我都忘了当时多喜欢赵赵。把日记翻到七年前，我写，今天周五，赵去福建出差，下周三回来。座位空出来了，走过去倒水，感觉不习惯。晚上加班，九点多，他上线了，说已经回到酒店，让我叫一下金。金在小隔间吃饭，没带手机，他们隔空聊了会儿工作。下线前我问他，那边怎么样。他说，有点冷清，也不能去蹦迪。周五晚上特别需要爱。我的目光停留在最后一句。七年后的我，增添了一层新的眼光，混合着对人性的洞悉和因为洞悉而产生的不信任，猜想这是不是某种暗示。而七年前，我只会默不作声，给他回一个笑脸，回家以后在除了我之外谁都看不到的日记里，用重复来对他表示认同，是啊，周五晚上特别需要爱，而你还有五天才回来。

那个时候，我没有其他的交际技能。更确切地说，没有成熟到可以从现有的位置跳出来，获取一个客观的视角。我像一只遇到外力触碰就蜷缩起来的乌龟，把手脚团在一起，躲进自己的壳里。我养过乌龟，在大学。住进大学宿舍以前我没有资格养动物，寄人篱下，和表妹挤在一个八平米的房间。咨询师说这是我大部分心理问题的来源。等终于有一张床属于我了，虽然只是上下铺的一半，我也很珍惜。我对属于这个词也有特殊感情，属于，属于，属于。它真好听，像一个充满诱惑力的无底洞。把什么投进去，都会被无尽的黑暗吸纳。当我第一次有条件养一只属于我的宠物,我选择了乌龟。它很慢,稳定,麻木。你很难猜到乌龟有没有心理活动。它会想什么呢,它思维的速度和爬行起来一样慢吗,还是头脑比四肢早一百倍已经到达笼子的另一端。

最后它是得白眼病死的。上网查资料才了解到,大多数家养的乌龟都得过肺炎或白眼病。我给它涂药,把药厚厚地抹在棉签上。朦胧的荫翳封住了它的眼睛。如果它开放一点,动动比指甲盖还小的脑筋,就能觉察到我把棉签伸过去是在给它治病。但它无法理解。它紧张地弹开,缩成一个圆,拒绝我的治疗。结果死了,发臭,眼睛上罩着一层诅咒的薄膜。一个奇异的现象是,死后的乌龟放弃了紧缩的努力,平摊手脚,用一辈子都不曾有过的放松的姿态躺在它生前的家里。看它那么心无城府,舒适自然,我觉得死亡不是一件坏事。

我就像它,非常熟悉如何躲避,用追随和迎合来博取自己生存的权利。从小借住在别人的屋檐下,即使是亲戚,每个月跟我妈打电话家长里短时语气都十分亲近,仍然不属于我。我要拿出双倍的懂事与温驯,才能和亲生的孩子平齐,告诉他们,也说服我自己,我是值得在这个家庭中存在的。这个习惯一直被我不自觉地沿用到两三年前,直到生病,才开始反思,如果什么都不做,我值不值得存在。和赵赵他们在一起的时候,我刚开始工作,不会表明自己的立场。我想了想,也因为我没立场。我不知道怎样才能独立思考,再往下挖,是不敢。我附和太久了。独立思考让我觉得恐惧,把别人的声音剥掉,让自己的声音露出来。我能想象一枚青涩的竹笋,将笋衣除去之后,独自暴露在空气里会如何战栗。任何人的目光都能灼伤你。那种害怕被群体埋没,被按着头沉入水底的窒息感,和突然无人压制,任由你跃出水面极度自由的自由。我说不清哪一样更恐怖。

我给自己蒸了一只肉粽,泡一杯洋甘菊茶,就是早午饭。生病以后我不再摄入咖啡因了,对咖啡因比以前更敏感。看了看邮件和随便几个网站,忽然想搜一搜赵赵现在在干什么。如果你想过平凡的生活,那就取一个平凡的名字,在有限的好奇心里,没有人有足够的耐心和驱动力突破搜索引擎层层干扰,追踪你的近况。我搜出了几个和赵赵同名的人,一个在食品行业,一个是宋朝将军,一个在南京某大学法学院教书,一个是网络小黄文主角。他压低嗓音,把采盈推到墙边,横挑眉毛,我就是这样的人,没想到吗?你不服气,就反抗呀。我模拟不出赵赵说这话的感觉。

无非是到了一家新公司,年收入翻几番。平凡人的平凡命运，只在个体尺度内对自己有意义。我没想过会看到什么惊天事件，比如抛下百万年薪，去大理开民宿。不顾自身安危，救了个偶然被卷进车轮底下的小姑娘。去南非布劳克朗斯大桥蹦极，不幸绳索断了，从两百米高空挥手呼救，但在旁观者的眼睛里，只是和人世作别。

都没有。不会有。我又换了个搜索方法，把赵赵和金的名字并置在一起，搜出了一些新的东西。金的博客，有一篇日志写到赵赵。赵赵过生日，是我还在的时候，她上传了几张照片，我看见楚楚、王犀林，隔壁办公室经常和他们一起下楼抽烟的老胡、瑞奇，还有公司人事。赵赵被他们恶搞，戴着买蛋糕附赠的红色纸眼镜，辫子被扎成两个小髻，每一撮都很少，稀稀拉拉地盘在头上。我没找到我自己，但我肯定我在。

金的博客我以前也看过，把它放在收藏夹里，很多年没打开。零几年那会儿我们都写博客，我也有一个，为了不掉队，第二天和别人有些谈资。微博出来以后就写得少了，我忘了智能手机是哪年普及的，只记得自从我们可以在手机屏幕这个小方块上徒手点点点开始，博客就彻底死了。我们今天习惯的生活，在过去看起来匪夷所思。大约是十年前，我在博客里写过，亚马逊说他们要出一款电子书阅读器，和扇子一样薄。我不信。我表了表对纸质书的衷情，说即使这把电子扇子真的被造出来，我还是想读纸质书。现在听起来像上个世纪的事。我两种都有。想快速看到就买电子版，想捧在手里就买纸质版，不过都读得不多。人年轻时很喜欢站队，非黑即白，是非死活一定得杀一个出来。其实都是想告诉世界也告诉自己，我是谁。

我的博客早就没了。刚开始死掉的时候，他们想做会员制收费，用小范围的忠粉续命。写了几年有点感情，我交过一次，六十几块。后来发现有些东西勉力维持，是没用的。时代浪潮不断把你推着卷着朝前走，你挣扎不过来，想在翻滚颠簸里有一点自由，很难。哪怕理智告诉你，它死了，但我可以偶尔回去看看，讲讲心里话，仍然做不到。因为死亡是自然发生的。有太多人涌向新的，就废弃了旧的，留着只是坟冢。看清了这一点，第二年，我就不再续费了。

但不知为什么，金的博客还在。还是以前老旧的版式设计。从零几年写到一几年，频率越来越低，全盛期每个月好几篇，后来一两年一篇。我走之后，2012，大家以为世界末日就要降临的那年，她还断断续续地往下写。最后一篇的日期是2017。现在回想起2012也是一个平凡的年份，但那个时候，我们有一种提前到来的追悔莫及的心态，怕现在不做就没机会了。12月11日那晚，我在新公司加班，毫无希望地盼望着午夜时分会有什么大事发生。第二天在如常的晨光里醒来，也许很多人和我一样，庆幸而失望。我们没有爱自己、爱世界、爱他人到打了鸡血，欢庆活着的程度。太多时候，生活和自己都让我感到困惑和麻烦，不惜在一个万众瞩目的末日里借上天之手杀死自己。

有点残忍，但往下剖析，当年的我就是这么想的。我又一次懂了竹笋。不想暴露在空气里，还有一个原因，是卸除了厚重的外壳，没有保护，没有伪装，不敢面对真正的自己。原来它这样丑，这样恶，这样懦弱，不负责任。

我把页面滚到2012年4月，想看看金在我离开以后写了什么。

还是要提起金，那就完整地提起。她在我看来是危险的，和她的名字一样，金光熠熠的危险。她太耀眼了，长着一张柔和，同时有杀伤力的脸。这两个词很难被统一在一起，但金可以。她很美，不是寻常的美，是那种渐渐突显出来，相处一段时间以后你忽然惊觉，为什么没发现她的美的美。而一旦被这种美击中，就像去夜店在手臂上盖了个隐形的戳，进入黑夜的氛围以后，就再也忽略不了。我找不到那个转折点在哪里，如同一席湖水平缓流淌，有一天被长棍挑起，骤然变为高耸的瀑布。在你眼里，她和以前不一样了。不一样的金是一个严厉的美人，但严厉是她的内核，外面用搞笑包裹。她非常会讲笑话，一件平常的事，经她叙述就无比好笑。我们的办公室大概是整栋楼里笑得最大声的，每个人看上去都很开心。金一开始讲笑话，或者逗楚楚，楚楚就哈哈哈笑个不停。王犀林和赵赵一唱一和，两个人给金做捧哏。再加上我。我们像没心没肺的一家人，快快乐乐栖居在这个每天都要加班的小公司，宏图大展，毫无怨言。

这没什么问题。

问题不在金，在于我。在遇到金以前，我从来没想过我是谁，在小团体中我扮演什么角色，这个角色是不是等于我。我没机会加入小团体。我一直是一个更大的集体中和其他人一模一样的水滴。班级，学校，借住的家庭，我从属的那个没多少存在感的小区。没有一个地方要求我把自己的轮廓勾勒出来，区别于我以外的人。我是指，精神上的轮廓。生理上，我不得不勾勒出来，因为父母分开以后的那些破事，从小学起就被迫从所有可能和我有脐带粘连的亲属那里独立。我是没有依傍的人，很早我就感觉到了，主动地做了这个决定。没有人要我，我也不要任何人。我懂得什么是茕茕孑立，我敢打赌，这四个字的前三个一大半人都不认识。小学三年级，我就从《汉语成语小词典》里查到了这个词，孑然一身的意思。我做好了孤单的准备。

所以我不怕孤独。我可以像以前一样，一个人拿着饭盒去小隔间吃饭。不用跟任何人讲话，不用想话题，不用注视别人的眼睛。但出人意料的是，金包容了我。作为小领导，她关心我的工作和心情，张开羽翼，把我像一只受伤的小鹰，拢进她的翅膀底下。我应该感激。但我被激起的情绪太复杂了，复杂到我有点招架不住。我对她升起了一种类似母爱的渴求，在一个比我大三岁的女孩身上，我第一次体会到什么是母性的柔情。那个生我的母亲没有，她有的是永无止境的无奈，推诿，抱歉，永远处在不适宜的时机，永远不能亲自照顾我。抚养我的姨妈也没有，家就那么大，我具有实体，不是一个概念，必须占据空间。一天天皮肉撞击的相处，让她对我磨没了耐性。我理解她，她能相安无事把我养大已经是件功德。而金的接纳如此开阔，可靠，实际。她让我相信办公桌前的这张椅子是为我保留的，我是小团体的一分子，我就是。

于是问题出现了，我凭什么? 那一阵子我经常失眠，躺在床上，回想团队里每一个人。金能干，灵活，幽默，有号召力。赵赵温厚，高效，自律。楚楚天真，听话，让大家愉快。王犀林考虑问题的角度很有创造性。他们都有之所以是他们，不能被其他人替代的理由。我呢。那时的我，什么都不是。我就像他们的应声虫。我会的全部就是微笑，赞同，附和。这是我耗费二十年学到的生存技能。我以为我对别人友好，别人也会报以友好。我以为善是人世间终极的美德。我用善武装自己，把它一粒粒，装进隐藏起来的弹夹里。

我凭什么。先让我感觉到异样的是金脱口而出的笑话，她说笑话的尺度很大，屎尿屁是含蓄的。有一次她说到男生打飞机，转头来了句，谁没有自慰过呢。我在电脑前僵住了。接着她问我们，你们谁没有?快说。男生都嘻嘻哈哈发出认同的噪音。她盯着楚楚，楚楚先笑，然后大叫，我会!金大笑起来，说谁不会。又过来问我，我没回答。她追着问，我听见自己说，没有啦。

其实那个时候我刚刚挣钱，在公司附近租了一个小单间，搬出来自己住。还没有性经验，但有丰富的自慰经验。这让我觉得丢脸。现在想起来，有点小儿科，但当时，是真的从头到脚充满羞耻感。下半天我脑海中始终回旋着这个问题，两种声音不断打架。一个说，这适合在社交场合公开讨论吗?金冒犯了你。一个说,虚伪的人。金冒犯了你。虚伪的人。

　　金带给我的羞耻感不止这些。她总是撩拨我,想听到我的回应。无论在工作上,还是私下开玩笑聊天。当她妙语连珠把她的观点陈述完毕,就抬起头,眼神里闪过一瞬间的严肃,问我,你怎么想?我止不住地感到慌乱。在她的反衬下,我性格里的无聊、自闭、平庸都浮到表面,赤裸裸接受众人审视。为了趋向她,我学习和她相似的方式,也说笑话。可悲的是,我没有天赋。每次干涩地把我的笑话呈交到她面前,我都对自己绝望,我强烈地体会到这不是我。我在用一种被强制的模仿成为别人的影子,而实施强制的,正是我自己。

　　每天回家我都很疲惫,疲惫而且困惑。我开始问自己,我到底是谁。人有没有与生俱来的属性,还是成长环境塑造得更多。我看了一些心理学书籍,想找答案,抗拒那种忍不住要取悦他人,被牵引着,不自觉地套进一个模具里,和他们如出一辙的交流模式。但这模式惯性太大了,我阻挡不了。一走进办公室就被一股看不见的力量,从神秘的来源注入一种假性的热情。我笑,也试图让别人笑,说话,和所有人对话。等到打开家门,就像一张被抽干的皮囊,一个字都说不出来。在性格测试的统计表里我第一次确认自己是内向的，当然，我是，但由分数告诉你你无法从社交中汲取能量，必须靠每天独自躺平才会恢复体力，还是有点泄气。这是某种判决，判定我不能，而非不想。我不敢面对这一点，不敢勾勒自己的轮廓。

这让我想起有一次，十二三岁，我那久违的亲爹回国探亲，带我去公园玩。我穿着姨妈给我买的一件盗版 Hello Kitty，还没发育完全的胸部顶着它两粒乌黑的眼珠。处在儿童到少年的变形期，我已经不太愿意和大人说话了。我们坐在公园的长椅，他从小摊贩手里买了一只风筝，我不肯放。阳光暴烈地打在身上，我热得发蒙，恍惚间看见他把风筝高高举起，用我们的方言没头没脑说了一句：我喜欢迎着太阳，不躲不藏。就在那一秒，我的头顶仿佛被一根金针扎到，噌一声响了。

这个句子对我来说是有魔力的。那天晚上，我把它抄进了日记本里。他说话时的语气、动作、表情，像烈日下曝光的一张胶片，为很多年后，我回想起父亲这个角色时涌现出的形象定型。我想象他是一个哲人，能理解生活中最平常的隐喻，用无限的否定去烘托话语背后潜藏着的，更大的肯定。才不像他们说的，只是跑去日本洗盘子而已。

金也是这样的人，面无惧色，把自己暴露在日光中心。我领悟到，和充满生命活力的人站在一起，你必须具备同等的品质，要和她一样强悍。交流是流动也是抗击，但凡有一方抵挡不住奔涌过来的水流，交流就不成立，只是输入。而输入是对我的吞噬。每一个相撞的片刻，金都在用一种隐蔽的方式，强烈要求我给予反馈。她不是挤迫我，她对谁都一样，是我太虚弱了。我忘不了她的眼神，里面包含的期待和戏谑。被这样的眼神凝望着，我有一种渐渐枯萎的预感。

我困扰了半年，犹豫了两年半。第三年，王犀林找到一家工资翻倍的互联网公司，跳槽走了。我趁着乱，也给新老大发了辞职申请，抄送给金。连辞职都要跟随，我骂自己，又甩甩头，想把所有繁密的、纷乱的、难以消化的念头都扔掉。我可以重新开始，到一个新的地方，演一个新的角色。不靠近大树，就没有沦为影子的风险。

确实过了好几年混乱的日子。我染了一头灰绿的毛，学习闭嘴，每天只说必要的话。新同事都公认我很孤僻。我做好自己的事，不和周围人寒暄，进入又退出了几段随便捡来的关系。什么人从我生命中划过去了，我不记得，也不想记。现实生活丧失了它的稳定感和确凿性，开始变得抽象，单薄，扭曲。

反而在社交账号上更丰富。从2012到2019，我换过三个手机。第一个在豆浆店门口撑伞，摔裂了。第二个用久了嫌内存太小。第三个现在就放在手边。里面记录了所有我的碎片，那些我认为是我，也想让其他人看见是我的瞬间。我时而想，到底是时代变了，还是人的变化更大。早几年写博客，我们也有虚荣心，但不像现在又快又密。有时候刷朋友圈把自己刷得恶心，我就也发一条，将水搅得更浑一点。我说不清这样做是为什么。有谁会通过这个失真的滤镜观看我呢，如果有，大概会以为我过得不错。

赵赵和金，我和他们彻底失去了联系。一开始楚楚会问我一句，去喝酒吗？大家都在。森林公园？大家都在。拒绝的次数多了，大家就不包括我了。他们变成一段渐行渐远的往事。赵赵偶尔会来我梦里，有礼貌地坐着，靠墙，乘马车疾驰而过，画着夸张的眼线。从来没有下文。唯一一次，他抱了我。其实是被子抱我，有一种很温暖、很幸福的感觉。我被软软地、毫无间隙地抱着，问自己，这是真的吗？确认了之后，安心地继续睡下去。

此时此刻，我把叉子扎进肉粽，一边啃，一边读金过期的博客。我住在一个小复式，租来的，每个月租金五千五。前年春天，我倒在去上班的路上，以为心脏骤停，结果说是心理原因。医生给我开了药，我用剪刀剪开，分装在平时会用的几只包袋里。每星期做一次心理咨询。咨询费、房租、一日三餐把我的收入瓜分得七七八八。但也换来了好处。我慢慢发现，事情没有我料想得那么糟。即使所有人都抛弃我，无视我，否定我，旋涡的中心，还剩着一个我自己。这很惊人。巨大的恐怖也卷不走那个最最稳固的事实，周遭都碎裂了，我依然在。早上刷牙，我站在溅满水渍的镜子前端详自己，我的眉毛，我的鼻子，我的眼睛，眼角新生了皱纹。我在经历，也在衰老，以这具身体。这些细节重新把我拉回物质世界。我终于承认，洒脱，聪慧，复杂，冷酷，这些词和我没关系。脆弱，胆小，暴躁，纯情，那个不完美的人是自己。

就这样吧，别太用力，我的存在不比一只乌龟珍贵多少，但也值得。

我把空盘子收一收，堆在水槽里，准备吃完晚饭一起洗。往杯子里加点热水，从2012年4月16日读起。那是一个周一，新老大把金叫去办公室。他长着一张扑克脸，很凶，发火时额角抽动，让你担心会不会一句话没说完，他就当场厥过去。作为无足轻重的小喽啰，我很少直接见他，一般就在每周例会时，躲在同事们组成的人墙后面，瞄他几眼。金这样写，最近压力太大了，嘴唇上下同样的位置各发了一粒痘痘，好丑啊！老秦下午又找我谈话，我一进房间，他就杀气腾腾质问我，为什么深圳那个单子丢了。他比娘娘厉害多了，或许是直接？说话不留一丝情面。可他也比娘娘器重我，这对我是好事还是坏事呢？现在还看不出来。不过有一说一，他给我的期待值不是我们这个小团队在短期内可以实现的。犀林和小迪前后脚走了，损失两员大将，我有点泄气，也在反思，是不是自己带人不力。我还像刚毕业时一样，喜欢热热闹闹的办公室，所有人心往一处使。什么时候才能学会接受呢？天下没有不散的筵席。

　　王犀林是结完一个大项目走的，我也差不多。仔细想想，应该没给金丢下什么烂摊子。职场是很残酷的，对内对外都一样。我们在一个接一个项目里打滚，熬夜，拼命，以为不认真工作这个世界就要毁灭了，但世界根本不拿你当一回事。对留下来的金也是，要立刻找人接替你，再重复一遍教学、适应和试错的过程，绝对不轻松。如果把信任感投注其中，就更烦人，辞职很容易被看成是叛变。所以有时候我觉得AI也不错，没有情绪，不会跳槽。还没想完，我就在下几行频繁地看到自己的名字。小迪很有潜力，就是太年轻。我没预料到她这么快走，其实我很想和她深入地聊聊。上个周末我逛商场，买了两盒巧克力，很小一盒，还没有巴掌大。上面的图案很可爱，我马上就想到要送给小迪和楚楚。我带来了，放在抽屉里，还没来得及送，就收到了她的辞职报告。真可惜，我们没有单独出去玩过，没有坦诚地聊过天。我常常能感觉到她在抗拒我，说不出原因。有些人，虽然你想和她走近，暂时却做不到，天时地利人和，缺一不可。巧克力没有送出去，当作临别纪念，太寒酸了。那天中午吃完饭，我爬到露台上，自己把它吃掉了。

　　我觉得有点好笑。想不到金也有这么……自卑的一面？嫌小礼物拿不出手，偷偷把它吃掉，这不是我才会做的事情吗。接下来看到的东西也是我陌生的，没听金说过她有男朋友。她写到一个叫徐茂的人，这点我佩服，在博客里都用真名。如果是我，当初的我，一定不敢。我会把他们遮蔽在符号的丛林里，WXL，ZPQ，LC，JSP，只有我清楚这些被拍扁的拉丁字母代表了谁。我无法设想，我提到的人在电脑那边看我如何写他。描述总是会走样的。比起今天的社交网络，博客更像一个开放性的私密之地，我曾经看到很多人写着写着，就开始如酒醉一般进入一种带有迷幻感的喃喃自语。可能是博客体量大吧，致幻不在一瞬间，而是需要一条长长的，长长的滑翔甬道。

又是阴天，难得星期五不加班。徐茂没有联系我，我也不想和别人吃饭。一个人回到家，煮了碗面，洒几粒葱，打个鸡蛋。吃完了把碗筷丢进水池子里，懒得洗。追《甄嬛传》，两倍速，一口气看了四集。想到冰箱里还有点没喝完的红酒，他上次带来的，喝到一半吵起架来，把他吵回去了。拿出来倒在杯子里，好酸。临近半夜，我握着醋一样的酒，看桌子上红艳艳的倒影，感觉自己很悲哀。所有的朋友都是同事，所有的未来都寄托在一个没有希望的人身上。读到最后两句，我放慢速度。这个我不认识的徐茂，为什么让金看不到希望？回想生病前，身边草率地，甚至麻木地换人，我倒没抱怨过没有希望，因为根本不抱希望。求仁得仁，我相信。当我只是想通过另一个生命让自己动起来，感觉我存在，用别人的能量激发自己，就谈不上希望和未来。这样的关系很轻易，也很浅薄。也许将来我会有能力和谁建立更深层的关系，但现在还不行。我需要一些时间，一个人，慢慢地，把破碎的残片拼接回去。

第二天，金接着写，今天决定振作起来。我是那个打不倒的小强，不是吗？不知道现在的年轻人看不看周星驰，小强是只蟑螂，出自周星驰主演的《唐伯虎点秋香》。

我们那个团队都喜欢周星驰,他是我们成长过程中能汲取的为数不多的搞笑资源。那时他极新,多变,活灵活现。有一次我们讨论,最忘不掉他哪部电影,我选了1992版的《家有喜事》,巴黎铁塔翻过来转过去。楚楚是九零年的,没听说过,上映时她才两岁。从新世纪到2012,他也推出了几部作品,风格完全变了。有人说他黔驴技穷,我们不同意。赵赵讲的话还算公允:他失去了和你们对话的耐性。精气神。这个东西就跟灵魂一样,有一天莫名其妙就从他的作品里被抽走了。你觉得他很疲倦,累了,不想再用老套的方式开玩笑了。

今天决定振作起来。我是那个打不倒的小强,不是吗?走路二十分钟去菜市场,火锅底料芝麻酱蔬菜牛肉买了一大堆。回来拿不下了,打了个车,司机师傅座位背后的口袋里插了一本《圣经》。我翻开看看,看到这段话:"你们若单爱那爱你们的人,有什么可酬谢的呢,就是罪人也爱那爱他们的人。"莫非是给我的启示?我忍不住想,如果昨晚心情不那么差,今天就不会一大早爬起来去买菜,如果不买菜,就听不到《圣经》的教诲。这里面有环环相扣的关联吗,还是,只是巧合?嘿!有没有上帝?你想告诉我什么?我闭上眼睛,手指在书上摸索,摸到了这一句:"他从水里一上来,就看见天裂开了,圣灵仿佛鸽子，降在他身上。"……那我去洗个澡吧。

又看了五六篇。2014之后，记录越来越少，时间如同被无形之手暗中拨动，才一两篇就打发了一年。我观察到一个有意思的变化，一开始虽然金也写得坦白，但她很清楚有人在看，字里行间还是免不了做一番表演。比如赵赵生日，我身在其间，感觉就没有她描述得那么鲜活和浓烈。直到大多数人把博客遗弃，没了访客，那种绘声绘色的吹嘘才黯淡了，瘪塌下来，退化成真正的日记。出现了一些类似又是一个下雨天，我有点想你。家里没有咖啡粉了，从碗柜里找出一条过期的速溶咖啡，冲了喝，很甜，不会死。或者爸爸今天给我打电话，握着电话，我还是蒙的。发觉自己最近两年来智力减退了，有时候听他们讲话，每个字都听得懂，就是不理解意思。我不会得老年痴呆症吧？这样的句子。仿佛浸入强酸，把语言表面的狂欢和不自觉的伪装都蚀去，窥视到那颗心。我产生了淡淡的不道德感。

我坐远一点，眯起眼睛，以为隔开一段距离，不道德感就会褪去。手指还是惯性地往前翻，日期最新的那个页面上，又有一篇写到赵赵。他是唯一一个和我共事超过五年的人，或许因为我们骨子里都懒，懒得跳槽，懒得做改变。有时觉得他是男版的我，只不过我们都有对方没法了解的心事。大家都走了,人心惶惶,要是明年他也成功移民,就真的只剩下我了。我也想相夫教子,归园田居,但人生总是难的。赵赵要移民了。我看了看时间,2016,那明年就是指2017。如果顺利,他已经每天行走在异国的土地上。奇怪的是,他经常光临我的梦境也是这两年的事,为什么物理距离远了,梦里距离反而近了。他这样一个人,会选择在哪里度过余生。也许是加拿大、澳大利亚,或者他念过硕士的英国。他在梦里的着装和口吻没有透露任何信息。

金继续写,昨晚借着看剧,一个人哭了一会儿,心里憋,要药引子才能哭出来。我最近常想,是不是有什么事做错了,像螺丝钉那样的小事,如果当初没这么选,心情会不会平顺一点?爸爸明天出院,说还要住回阴冷的老房子里去,我坚决不同意。他们都快七十了,怎么还困在钱眼里,不懂得以身体为重?这几个月,我时不时生出一种凄凉的感觉,似乎特别特别的……寂寞。对我来说,这个词语好陌生,以前总是热闹快活,身边环绕着这么多人。寂寞是什么?谁寂寞谁知道,反正不是我。现在我知道了。它像没有馅儿的汤圆,胀满整个房间,戳一戳又是空的。怪不得莫文蔚唱,吞下寂寞的恋人啊。我有一种危险的妄想,好像世界在迅速衰败下去,我逆着风浪前行，如果不生个孩子，以后就只有节节败退了。该怎么办呢？

看到这里，我很震惊。震惊于我记忆中那么强大、快乐的金，在背对外界的时候，也有消沉、低落的情绪。我以为一切对她很容易，遇到难题，振臂高呼，带领我们几个散兵游勇，哈哈哈笑着闯过去。事实并非如此。金也有正在老去的父母，压力爆棚的工作，关键时刻就跑没影的情人，孤单寂寞但必须一分钟一分钟熬过去的夜晚。她只是选择了用轻松狡黠、从来不会被打败的那一面示人。在生活抛掷过来的困顿面前，我们一样脆弱。

这么一想，我感到自己有很多话想对金说。好像世界在迅速衰败下去。我完全能理解她指的是什么。人活着需不需要希望？希望是假的，我明白，一次意外就可以轻而易举掀翻它。但没有希望的沉重，对一个尚未解脱的人来说，是真的。我很想告诉金，分别以后，这几年我的经历，我生病了，又好转，对自己和人生的认识都有许多改变。我一直认为，我是一个反应迟钝、不幽默、很无趣的人。我不值得你们和我交朋友。但咨询师说，可能只是我的思维方式出了问题。就这么简单。是我把自己推开，站在自己的对立面。你也一样。只要我们从衰败里跳出来，衰败就失去了立足之地。

正能量，鸡汤，哈哈哈。也许金会这样嘲笑我。

让我整理一下我到底想表达什么。坐在电脑前，面对这块已经被时代荒弃的小小园地，读金在几年前随手敲下的日志，我似乎看见无数我们的叠影在废墟中交错并置。一切都处于变动之中，金在若干年前提出的疑问应该早就得到了解答，或者过了那个时间节点，被扼住脖颈，不解决就会死的幻象终于散开。但当我漫步其中的时候，还是能够感同身受。我感应到一种迟来的共鸣，是必定要走到今天，穿越一路上从未间断的困惑、不解、挣扎、恐惧，才有能力把目光从自己身上移开，在金之中辨认出另一个金。有些人，虽然你想和她走近，暂时却做不到，天时地利人和，缺一不可。我们认识得太早了。对，兜兜转转，原来我想说的是这个，要是现在认识你就好了。

如果是现在的我，认识了现在的你，旁边坐着现在的赵赵、楚楚、王犀林，我想那将是一个温馨的时刻。我们比过去老了，更接近死亡，也更看清自己。我会笑着对你说，嗨！金，我是小迪，很高兴见到你。和你一样，我也想……迎着太阳，不躲不藏。

2020年

地下室

　　岳仔的房子带一个地下室，送的，和上边面积一样大。他想过要模仿家装APP推荐的案例图片，把地下室改造成工作间，中间摆一张长桌子，墙壁上钉洞洞板，挂满工具。这让他感觉振奋。做成健身房也行，买一台跑步机，搞几个练肌肉的铁架子，还可以划船和登山。他那时的女朋友叫思思，和我们一起玩，经常约出来吃烤肉喝啤酒。后来思思甩了岳仔，他不承认，非说是临到结婚才发现两个人价值观有裂痕。那就裂痕吧。婚一时结不成了，岳仔不高兴好好装房子，简单刷了涂料，倒腾了一下厨房和卫生间就住进去了。地下室什么都没装，只吊了个灯，四面还是水泥墙，毛坯。

我突然决定离开北京回老家的时候，问岳仔，能不能把东西存在他的地下室。岳仔说，可以啊，有多少？我用一辆一点五吨的厢式货车拉了三十几个箱子过去，把他吓坏了。你真能买。已经处理掉很多了。我把钢琴和大件家具都卖了，卖不掉的送人，只留下一些衣服、小东西和书。书都装在小纸箱里，怕工人搬不动。事后证明这种假模假式的体恤根本没用。工人能搬动，一个人肩扛，或者一群人联手抬起来。他们不在乎重量，只在乎坐地起价时你有没有乖乖配合，给每个书箱多加十块钱。

十八个书箱，加了一百八十块。给我上下两排，堆在地下室右手边的墙根下。岳仔问，你什么时候回来？我说，不会太久吧，暂时过渡一下。于是就过渡了两年。疫情是第一年冬天暴发的，起起伏伏，把回来这个选项一次次地拉近又推远。但这是以后的事。两年前的我对未来一无所知，把东西都安顿好，就离开了。

离开前，有朋友找我参加一个聚会，四个人，一半我没见过。快到十二月末了，她们想用做年终总结的方式度过那一天。召集人给我发来一份问卷，几十个问题，全都关于今年发生了什么,你怎么想,对明年有哪些展望。开头写着:再见,2019！结尾写着:你好,2020！会不会很傻,我想。然而还是去了。先在召集人家附近吃了午饭,点了沙拉、咖喱、味噌汤,大而无当地聊着英国脱欧、巴以冲突、特朗普遭弹劾。她们都比我小几岁,留过学,用一种相似的包裹在术语里的眼光看世界。我是个对术语过敏的人,话题一宏大,就不知道该怎么接话了。

好在答题过程还算有趣。我们买来一堆零食,带回房间,抱着各自的笔记本写写写。可以把答案和大家分享,也可以沉默,这在很大程度上保证了下笔的诚实。之前互相认不全谁是谁的这几个人,开始半真半假,围坐在地板上剖析自己。第一个问题:请用三个关键词描述即将逝去的2019年。简直是为我度身定做的。搬家,失业,失恋,我说。

太惨了吧,她们感叹。

凑在一起是有点惨,不过,最艰难的阶段已经过去了。

多回答几道,我们渐渐摸索出彼此处在怎样的情境。每个人都遇到特殊的问题,特殊而典型。有人在纠结要不要从父母家搬出去,租个房子自己住。有人和室友闹矛盾。有人想换工作，搞不清究竟喜欢什么。有人从海外归来，犹豫是不是最佳选择。我也谈起了困扰我的事。谈着谈着，提到了岳仔的地下室，和弥漫在地下室中那种流水般的失去感。

我指的是两天前，中午过后，搬家公司撤了，我独自回地下室收拾残局。岳仔没管我，窝在客厅一角打游戏，我说你玩吧，我下去整理整理。搬家时走得急，没来得及给书分类，六个架子，不分青红皂白先全部丢进箱子里。运过来再说。每只箱子侧面，都被我用马克笔涂上了数字，写得巨大。马克笔只有一支，快用完了，时间也快用完了，半夜还没打包好，小睡一会儿，凌晨起来继续。这么着急了，我还是被莫名其妙的强迫症控制，非要把数字画成空心，中间用斜线连起来，像一匹匹斑马。我执着于线条有没有对齐，好像这标记不是给自己看的，会有一个上帝，在搬家公司到达前突击检查。

而如今上帝走了，审核完毕。我放松下来，打算花几小时把书重新过一遍，挑出不需要的卖二手，再选一两箱带回老家。我回头看看岳仔，他戴着耳机，玩得很投入。我拿了钥匙，开院子门，自己进入地下室。

不是什么大院子，狭窄的一条，正对小区围墙。一扇铁锈色的小门，通往阴冷的地下空间。我扭开门，把灯泡打开，黄黄的光不够用地，勉力地向四周泼洒。水泥墙壁特别吸光，一盆光浇上去，嗖嗖被吸走了，不像刷了白漆，会加倍反射回来，让亮的更亮。从哪里开始呢，我看着这一堆箱子，是我在北京生活近十年的见证。刚来时什么都没有，行李箱里只带着一件御寒的冬衣，内衬可拆卸，也就是说，能够很经济地穿秋冬两季。现在，光羽绒服就有五六件，厚的，薄的，不厚不薄的。北京的冬天比过去冷了吗？

我决定按编号顺序清点书箱。前两个箱子，装着海明威和杜拉斯全集。海明威那套是深红色的，没关注版本，从网上随便买的。有一次和前同事讨论经典作家，听说我没看过海明威，他跌下椅子，把我骂了一顿。我没看过的多了，不差一个海明威。但还是买了全集，读了几篇他写钓鱼和斗牛的故事。我喜欢漫无目的的书写，只是沉浸在闲情逸致中。海明威不是沉浸在闲情逸致中，他后面有更深层的东西啦！同事跳脚。哦，好吧。我和岳仔都有点怕这个同事，他很可爱，但过度认真，有时候下班了我们偷偷溜出去吃饭，不叫上他。

杜拉斯是从老家带来北京的。很多年前出的，五彩斑斓那一套。早先我还在上高中，听人推荐，去买《情人》,不慎买成了《来自中国北方的情人》。看着看着哪里不对,疑疑惑惑,直到买到零五年这一本,才放了心。书的装帧是很好看,大方雅致,但有意思的是,没人预料到十几年后,经过时间的磨砺和潮气的流动,书的硬壳慢慢融化,和同一系列的其他书粘在了一起。从某一天起,阅读杜拉斯首先要把她从别人身上撕开。嘶嘶嘶嘶嘶……嚓。好了。

虽然粘成一串,我还是不想把它们处理掉。似乎沾染了太多回忆,不适宜抛弃。那村上春树适宜抛弃吗,陀思妥耶夫斯基呢,或者库切,或者莱辛,或者梁漱溟。我把它们又放回箱子里。那就选不那么经典的好了,当代的,随机的,浮动不定的。《爱在蓝色时代》,因为喜欢名字,和老何逛书店时顺手拿的。至今未读。一起买的还有《你一定爱读的极简欧洲史》,我曾经妄想,每天临睡前翻翻这本简单的小书,就能厘清庞杂世界的来龙去脉。《迭戈和弗里达》,一高一矮一对奇特的夫妻,封面上的弗里达被切掉三分之一,像一只残缺的鹦鹉点缀在巨人身旁。这些是书的汪洋里无关紧要的碎片,读不读问题不大。但是,如果把它们卖掉了,我和老何从东四坐公交去海淀,倒了几趟地铁,拎着一捆书从书店出来,在对面的苍蝇馆子吃脏兮兮的肉夹馍和疙瘩汤,两个人傻乎乎期待着早点回家看书的那个周末下午，是不是也同时被擦除了？我们试探性朝空中哈出的白气呢？笑着说，冬天快到了呀！争论收银台边排队结账的那个谢顶男人是不是八十年代一位有名的话剧导演，这些也没了吗？

别想了。我一字一顿对自己说，别——想——了。这是刚失恋时，我脑海中时时涌现的警报。很有用。顺着怨念一路下去，不会被牵引到安全纯净的地方，只会坠入地狱，一坠再坠。所以别想。一跑偏就把自己拉回来，在悬崖上站几分钟。凌空而立，心无旁骛。一天，两天，时间长了，身体和心智就都习惯了，培养出新的思索路径。

都没了，接受吧，必须接受。

实体没了，更何况记忆和它的载体，留着只是自欺欺人。卖了呢，也是欺人自欺。收与放，或许不在于任何形式，只是一念。刚琢磨到这里，有什么飞快地闪了一下。我抬起头，看见头顶上方一尺高的墙壁上，晃动着一片波浪。呈柔软晶莹的锯齿状，平行四边形，凹凸震颤。就像有人举起一面镜子，从室外波动摇撼着照射进来。转头看外面，没人。难道是岳仔打完了游戏，跟我开玩笑。我快步走到门边，站在台阶上左右张望，空空如也。客厅的小门关得好好的，探头过去，岳仔小小的身影紧贴在电脑前，没换过角度。我退回来。波浪还在。

时间是下午四点。骤然插入一块奇异的光，我说不清地下室是变亮了，还是被映衬得更暗。我想起几年前，到一个移民国外的朋友家做客，她给我和老何安排了客房，在地下室。我们顺着楼梯往下走，感到温热的肉体一寸一寸被黑暗吞吃。其实那里不暗，墙壁刷成苹果绿，地板上铺着厚厚的长毛地毯，被套有红色印花。开空调了？我问。当然没有，她说。我记得很清楚，那种生理和心理双重的荫翳，最直观的感受是，凉丝丝地被地表以下的空气包围，浸润，觉得自己瘦了。瘦等于冷，全身肌肉紧缩起来，变成一个比一分钟之前聚焦的肉团。

我扔下书，脱鞋，踩到箱子上，伸手去摸不知从哪个平行宇宙撬下来的这一小块海。它暂住在我的手背，给粗糙干燥的皮肤敷上一层金光。有限的广袤，微观的剧烈，局部的深邃。一组组意义相反但不相斥的词从心里流淌出来，连缀在一起。我灵机一动，可以把门关上，切断光源，它是个什么就显而易见了。波浪于沉潜中谛听，似乎听到了，轻轻跳跃一下，开始变幻形状。从右上角静悄悄地松动，挣开，抽离，最终金蝉脱壳。时空关闭了偶然敞开的缺口，波浪消失无踪。地下室再一次黯淡下来，我被遗留在原地。

很难形容当时的心情。

我低头找鞋。再起身时，一股清冽的，悬空的，后来我称之为流水般的失去感的物质（或非物质？）穿过了我。我不确定它和波浪有没有关联，只感觉摇摇欲坠，不能再站在箱子上了。向下俯瞰，所有东西都显现出些微怪异。暗灰的水泥地，仿佛用2B铅笔涂抹过的，深深浅浅的颜色。角落里聚集起一簇簇绒毛。被我丢在一旁的书，书箱，箱壁言之凿凿的数字，从无序中强行建立的秩序，秩序带来的安全感，箱子里被我折叠和保护起来的无数物品——微波炉，烤箱，热水瓶，画框，墨镜，衣服，印深蓝细树枝的碗，洗衣粉，泡澡粉，沥水架，不再流行的微单相机，拍立得，过期胶片，铁皮机器人玩具，发条青蛙，日式线香，茶杯，酒杯，杯垫，咖啡胶囊，100%大豆蜡烛，靠物理原理把精油震荡出来的扩香仪——千奇百怪我用钱交换，以为等哪天回来还能接着使用的林林总总，组成了我过去的生活。这生活已经破灭了，或者不带褒贬地说，转换了，而它们还在。

像一列幽灵，存在着，却时刻告诫我，你抓不住。没有任何东西能被抓住，一切都会消亡。

这样想让人发冷。但随之而来的念头更恐怖：也许幽灵是我自己。被准许放一天假，从冥界飘荡回人间，落进生前居住的屋子，清理自己的遗物。我毛骨悚然。从灵魂的视角回看所拥有的，正在和即将失去的，好像什么都无所谓了。总有一天会丧失的，不从自己手中，就从他人手中。我整理过祖辈的遗物，满房间被翻乱的垃圾，此刻是一本书，下一秒就成了死者的书，被附加上沉痛和阴森的能量。其实，都只是人间种种抓不住的东西而已。

五点十分，夕阳褪尽。

流水般的失去感带给我的副作用是，我不想再整理了。整理和不整理，有什么两样。我收起放置在手边零零落落的书，塞回去，把封箱带贴好。浑身冰冷，全程以慢动作进行。最后一本是石黑一雄的《小夜曲》，一直想看然而一直没看，翻开是这一句：我的秘诀就是半夜出去散步。只在这栋楼里，但是楼很大，可以走个不停。而且夜深人静的时候真是太不可思议了。

它栖身的纸页离箱盖最近，被掩埋在黑洞里。

我走出地下室。

那一刻我想，有什么是完全属于我的呢？连一本书都不能。带着这种唏嘘，失重感，和甩脱重力之后彻底的失望、疲惫，从地下室返回一层。客厅里没有人。岳仔在厨房为我做晚饭，为我们，切碎的蒜片在油锅里煎，冒出好闻的温暖的蒜香。这是活的味道,和底下两个世界。我一屁股在椅子上坐下来,取过挂在椅背上的围巾,用活的气息缠绕自己。岳仔开了瓶红酒,找不到高脚杯,将就着倒在马克杯里。我想把刚才的感受向他倾诉,说不出来。

灌下几口酒,身体暖了,我们面对面埋在椅子里。桌上还放着一瓶二锅头,小二,墨绿色的酒瓶。我想起和岳仔当同事时,有天走路去车站,经过一排杨树,树坑里有一片玻璃在阳光下闪着光。我把它捡起来,是酒瓶残片,可能就来自前一天深夜被哪个酒鬼砸碎的一瓶小二。我把尖刺的边角在地砖上磨圆,不拉手了,再揣在兜里高高兴兴地走,像窝藏一个秘密。我的秘密都不值钱,只是自己喜欢,傻不拉叽。想到这里,悲伤终于喷发出来,我借着酒劲在岳仔家发疯,哇哇大哭。岳仔不明白怎么了,反复问,不着边际地安慰我。没事的,很快就回来了,别哭了。不是这些,我说。我抽抽噎噎讲那个玻璃片,讲我把碎玻璃当成宝贝装进口袋,带回家收藏在盒子里的事。现在盒子和其他盒子被打包起来,沉睡在他的地下室。那怎么了嘛,岳仔说。都抓不住的,我说,没希望了。他笑了,这咋就没希望了。我的人生就是个玻璃片,我继续哭。

第二天，岳仔拿这件事取笑我，好几次。嘿嘿嘿嘿，你的人生就是个玻璃片。笑完他问，你能不能给我解释一下，这句话什么意思？不能，我说，这是个哲理，你自己去感受。岳仔微闭双眼，安静了一会儿——感受不到。那就怪自己太笨吧，我说。我勒个去，他说。我们在清醒时刻的自我探究就只有这么深了。

我讲完了。
这个故事简直了，她们说，一定要写下来。
哈哈，会有人想看吗。当时我是这么蒙混过去的。
距离这场对话，已经过了两年。这不是普通的两年，但放诸生之长河中，没什么是特殊的。两年间死了多少人，因为疾病，意外，衰老，或者天外飞来一个无端端的巧合。我更信命，不相信巧合，死亡看似飘飘忽忽随意降落在一个人头上，其实经过精密计算。怎么计算的我就管不着了，有智慧远高于我千万倍的宇宙计算机。一介人类，不必多想。时间悄无声息地流走，以它的方式改变了我。我自认为比从前冷峻、坚韧，更能承受生命的毁坏与变动。还没发生什么重大事件来检验，回老家后，我的生活一直很平静。在平静无波的遐想中，我愿意做一个勇者，理直气壮地活，活得强健，茁壮，坦荡。

这个十月，我有事路过北京。不是回去，是路过，以游客和滑行者的身份暂居三天。我对岳仔说，我来你家取点东西。

岳仔去义乌出差了，把门锁密码发给我。我越来越不信任通讯软件，在心里默记那六个数字，记住了，就把对话删了。也让岳仔删掉，他说没事。你怎么去义乌出差，卖小商品了现在？我逗他，他回一个耳朵会动的狗头。

北京还是和以前一样，浸泡在浓雾里。他们说，运气不好，这几天雾霾大，平时改善很多了。我从二环到四环，重坐当初上班时每天都坐的地铁，站台列表乍现眼前——雍和宫，东直门，柳芳，光熙门，芍药居——第一秒是蒙的。然后淤泥化开，一个词一个词被清洗出来。下车后，我让身体自动行走，在两条线路间切换，想凭借记忆，走到几年前住过的那个小区。惊人的是，出站口的窄路还是被绿棚子包着，隔绝出更多岔道，把风景挡在外面。高速还是叠加着高速，弯弯绕交错着，通往顺义的方向被打了个叉。我在干燥荒凉的马路上检索这些年的变化，公园和拉面馆还在，咖啡店积分清零，离开前只造了个空壳的高楼，已经形成一个狭小但完整的居民区，有车进出了。

岳仔的家在一公里外。买房前,他在这一片租房。因为是同事,住得也近,我们整天混在一起。四人约会,他和思思,我和老何,一个电话就叫到了。吃了不少火锅,看了很多场最后嚷嚷着给老子退钱的电影。电影结束,四个人焊在座位上不走,等彩蛋,好像这样能值回票价。等来的是手持簸箕和扫帚的工作人员,没有啦,放完啦!喊上几遍,才嘻嘻哈哈让出场地。想起来像上辈子的事。

我顺着惯性,踱着小步子漫步到岳仔家门口。疫情之后,进出小区的规则改了,更严格,更警惕。我在玉兰树下站了几分钟。十月不是花期,但我知道它是玉兰树。开花在春天,半白半紫,坠落时如同殉情,团起身子整个往地上砸。一个牵狗的女孩开了门,我跟进去,直奔十五号楼。输入那串数字,门锁说,欢迎回家。

岳仔家的格局变了。

两年前,一进门放着餐桌。那块地方不大,稍微有些局促。这次,岳仔把桌子调整到房间中段。对面多了跑步机,灰色的,很轻巧。还有一只灰色的橱,上半边摆着不同包装的咖啡和茶叶,下半边是两行工具书。收得挺整洁。我想到电影里入室偷窥的人,这时候肯定会拉开冰箱,看看屋主吃点什么,罐头有没有过期,浴缸的水是否排干净了，床头放没放另一个人的照片。但我对这些不感兴趣。十月还没供暖，屋子里和外面一样冷，我把薄型羽绒服的拉链拉到下巴。忽然心血来潮，想跑一下步，让自己暖和起来。这个念头越来越具体，固执，粘在我的脑袋里。我只好真的跑。脱了外衣，就穿脚上的鞋，把速度调到6.5km/h，像个傻子一样在岳仔空荡荡的家里锻炼身体。如果他提早回来，开门看见，可能会笑疯。

跑了二十分钟，我流汗了，情绪也足够亢奋。该去地下室看看了。这时我反应过来，也许跑步并不是为了取暖，而是潜意识想调动出一些活力，来抵御即将面对的什么。是什么呢，那天下午经历过的流水般的失去感吗？

钥匙还挂在老地方，冰箱侧面的钩子上。很老式的钥匙，圆头圆脑，大脸盘子上刻着固力两个字。我从包里拿出水壶，抱在怀里，时隔两年又一次进入岳仔的地下室。

凉气霍然上涌。

感觉很久没有人光顾了，原始森林的味道，没有树木的原始森林。光秃秃的地皮开裂，暴露着自己，托出翻涌自地下的矿脉和沟渠。电灯开关还在原来的位置，上沿蒙一层灰。按下以后,灯泡孱弱地,亮起细微的光。这样想来有点奇怪,有些光的存在,不是给人带来光明,而是佐证黑暗的黑。我把门开到最大,天光被放进一格,斜斜地从墙壁瘫软到地面。我见过相似的光。好几年前,我还不认识岳仔,也不认识老何,在一个浓烈的夏天,和朋友去中俄边境玩。一个傍晚,我们被困在小旅馆里,记不起原因了。大家都很疲劳,有的想出门,有的不想。三三两两坐在大厅,讨论,等待。也许等一场雨,如果雨来了,决定就自动做出。雨迟迟不来。阳光一会儿收一会儿放,也是这样斜斜地从门外刺进来,游移不定,触碰我们的鞋子。

我的箱子都在。盘踞原地,像吃进了好几顶礼帽,鼓起一排排小方块的贪吃蛇。箱盖上落满灰,两年份的灰,随着封箱带被揭开跳荡起来。至少有三箱是衣服。回老家后,我买衣服的热情消失了。它曾是日常最大开销。把带回来的十几件反复穿,洗了又洗,洗到标签抽丝泛白,我觉得没什么。衣服只是布,占据空间的布。一箱是包。各个时期,从各种渠道购买的包,以布包为主,也有皮包。得把它们全翻出来,清空一些,剩下的寄回老家。

我喝口水,开干。水壶搁在箱子上,才注意到,靠墙的那排有被水流浸湿的痕迹。岳仔的地下室漏水，不知从哪里来，到哪里去，在墙面上画出一幅非洲地图。下半段延伸到几只箱子，湿了，风干，留下软塌塌扩散开的水渍。我拆开受伤最严重的三十二号，恰好装包，贴着箱壁的是一只刚来北京时买的American Apparel淡蓝色旅行包。那时这个牌子极火，店在三里屯，我们看着它从选址，盛行，到退租，清场。我背着这只包逛美术馆，巧遇老何，他说，这包也太大了吧！大到出差时可以不带行李箱，所有杂碎都扔在里面，一肩扛。洗过一次后，手提带下端的皮件微微褪色，把蓝布染黄，它就退出我常用包的队列。不舍得扔，用它装其他包，大包包小包，一层层包下去。于是今天，它被污水浇透，长出黑色霉斑。

　　还有印度买的斜挎包。手工缝制，粗棉线一小截一小截，在布面上落雨点。霉菌就长在雨点上，呜呜呜下坠。海淘的手拿包，没用过几次，单面发霉，开出晦暗霉花。Jil Sander羊皮单肩包，我最贵的一只，大概得了失心疯，刷爆信用卡也要买。羊皮柔软，没几天就开始凹陷，褶皱如闪电，把表面劈出裂纹。这次见它，比之前还老旧几分，扁扁地缩在角落，接缝处变了颜色。我觉得好笑，把它拎出来，很想拍个照向全世界宣告，你看！

这就是我最接近奢侈品的奢侈品。

除了它，我把别的集中到一起，扔了。

扔掉的还有几堆衣服，厨具，卫浴用品。书清出八箱，卖二手。打开的一瞬间不想看，就卖了。看过的也不再保留。早几年我就发现，一旦在书架上获取了固定位置，书就死了。它被嵌入其中，过于稳定，从此从眼睛里逃遁了。无法找到的书，正是家中架子上排列最整齐的书。书店的书，新买的书，他人的书，图书馆的书，都能看见。以前我还寄希望于明天，今天不看，明天会看。现在连明天也失效了，有的只是此刻——此刻，或永远不。

我把清理出的箱子拉到左侧。清三箱左右，就要回楼上洗手。灰将一切覆盖。没有什么能被真正尘封，只能被覆盖，在覆盖下，生老病死仍然进行着。我不知道书页是何时变黄的，《小夜曲》黄了，《莫瑞斯》黄了，《告诉我，你怎样去生活》黄了。泛黄的页面长出米黄的小虫，半透明，在句子和句子之间爬动。

一直到黄昏，整理进行得非常顺利。箱子被分为四组，分别打算丢弃、寄走、变卖，以及暂时保存。我叫了快递，后天来取，岳仔也是那天回家。没想到会这样爽快。我身上有什么东西和过去不一样了。一个喜欢看《三体》的朋友常常提起不仁，天地不仁，以万物为刍狗。

或许是这个。把寄托在物品上的情感抽走，把回忆淡忘，切断就没有那么难。我观察墙面，没有哪一块比周围明亮，异次元的波浪止歇了。太阳在浓雾间穿行，偶尔露个头，映照在片片灰羽之上，泛出沉重又轻盈的光彩。时间到了，它一步步落山，没有山，就落树，落街，落高楼大厦。地下室越发昏暗。灰尘快把我的指纹填平，我搓搓手，准备上去。

最后一遍核点垃圾，我见到了一只刚刚漏掉的小箱子。可能从大箱子里取出来，随手放在地上。不是搬家箱、货运箱，是普通的装小瓶矿泉水的盒子。什么字也没写。掂一掂，不重，发出丁零当啷蹦蹦跳跳的声音。我不记得里面装着什么。去撕封箱带，缠了好几圈，找不到头。沾了灰的手指触觉也变差了，索性用蛮力，拼命一扯，盒子被扯开一角。

一枚壶嘴伸了出来，金色，来自金光遍身的一只小烧水壶。我早把它忘了，忽然看见，和它相关的记忆浓稠又迅疾地翻滚出来。伊朗巴扎，铺天盖地的货摊，巡逻警察扫视着拿相机的游客，热情的本地人，都会说几句中文，你好，谢谢，再见。水壶一把接一把，按从小到大的顺序站立在货架上，一个像一个的翻版，只是大一号，再大一号。我买了最小的一只，五千伊朗币，波斯文的五是一颗倒立的心,用蓝色记号笔写在壶身上,后面跟三个圆点。老何用它泡过茶,嘟噜噜将水烧开,倒进茶碗里,很快喝完了,再煮一壶。生活曾经如此像游戏,在安谧甜美的气氛中,那些器具,都是玩具。

下面是一个小方盒,可以托在手掌上。内有四粒木块,牛肉干大小,木头活字印章。闲钱在口袋里装不住,千方百计跳出来,花出去。我隐隐约约想起,当年定制了我和老何的名字,请工匠雕刻。等了好几周,拿到手,把玩了几分钟,就渐觉枯燥。为了平复无聊,我找来一张纸,把活字按上印泥,想给老何写一封信。只有四个字,资源不够,我颠过来倒过去,把字印出花儿来。起首是他的全名,落款是我的,中间大段大段全是假字,字滚字,字叠字,字压字,就看个意思。我把信送给老何,模拟情书,他说挺好玩的,扔一边去了。从此印章就荒废了。

还有烛台,许多许多烛台。玻璃的,金属的,平展的,耸立的。有的烛台畸形,需要购买特定尺寸的蜡烛。有的蜡烛畸形,需要制造特定尺寸的烛台。像一个陷阱,跌进去,就被导入死循环。

拨弄烛台时,有东西触到我的手。一片叶子。又一片,又一片。箱底散落着四五片叶子,品种不一,全都焦枯、碎裂了。叶面沉淀成巧克力色，叶脉清晰，笔直而优美地向两边舒展开。沾在叶子上的砂石长了进去，一抠一个洞。它们是什么时候被我收集起来，存放着，撒到了这个箱子里，一点印象也没有了。我举起一片最显眼的，鹅卵形，末端一截俏皮的尾翼。对着光看，无数细小的孔隙将叶子割裂。一粒粒如蜂巢，虫卵，教堂花窗，吃了叶片，但十分有技巧地余下一层薄膜。我回想起小学里风靡一时的叶脉书签，就是用低浓度的化学试剂将叶肉腐蚀，慢慢刷掉，只留一副骨架，叶子的骷髅。

顷刻之间，我记起来了。这是老何去新德里出差，趁公务之便，拐了一下到菩提伽耶，参观了那棵有名的菩提树，带回来的落叶。公元前数百年，释迦牟尼在树下悟道。开悟后的第一句话是这样的：奇哉，奇哉，一切众生皆具如来智慧德相，只因妄想执着不能证得……后面还有点什么。我很喜欢这句话，想象佛陀说话时的语气，一定充满新奇。那么多年翻山越岭，四处求索，去除障蔽，终于揭露了真相，却发现它这样简单。给我叶子时，老何说，早就不是那棵树了，大概是它孩子的孩子的孩子的孩子……

几千年了，还在延续，还会落叶。落下的叶子还是被闲杂人等捡去，带着珍视或戏谑，供奉或丢弃在哪里，时日一长就抛诸脑后。菩提叶的尸体并不特殊，同样会卷边，干裂，化为齑粉。此时，正在化为齑粉的路上。我捏捏断裂得最彻底的部分，还能看出原先温润的叶形，意外的是，手感不是尖脆的，反而有一种韧性，牢牢拴锁住它，保持着最初的形状。我不忍心再捏下去，将它放回盒中。

天色暗透了，一看，快七点。我端着装落叶的盒子，身处不同命运的两排箱子之间，思索该归入哪一边。过去确实过去了，然而……我卡住。短短两小时前，我以为自己进步了，学到了不仁，以不仁孤立内心，就没有东西可以伤害我。有点搞笑。像一台拙劣的抓娃娃机，控制不好力度，就告诉自己，都不要了。

会不会，这也适用于这两年间，我生活中发生的其他事。

真正的卡住是没办法一下子恢复的。我有很多和卡住相处的经验，但那是另一个故事。我直接跳到结论，让自己抽离出来，先不选择。把盒子重新封锁，放回原处，关上地下室的门，回到地面。壮胆呼吸一口带有颗粒感的空气，安心地确认，嗯，这就是北京。

第三天，快递取走了箱子们。我在现场监督，临时决定，把小盒子藏在保留下来的箱子底下，不扔。让它在将来某一天再惊吓我，唤起记忆、觉醒和哀伤，提醒我，过去当然流逝了，抓不住，但不妨偶尔被记起。

四点多，岳仔回来了。我给他煮了碗面条，垫垫饥。我们坐在房间中央的餐桌旁喝茶。岳仔的房子在午后接近黄昏时是最好看的，再晚就太暗了。阳光偏橙，简陋的装修被橙色弥补，显出活跃和华丽，不简陋了。我们聊起旧人，老何、思思，最近在做什么。也谈了些别的。岳仔说，明天我要干活，你介意自己去高铁站吗？我说那有啥的。他说哦了，晚上去对面吃烤肉吧，吃完我陪你去坐地铁。下次什么时候再来？我说看情况吧，应该不会太久。我们继续喝茶，完全不知道此时此刻，在与我们一线之隔的地下室，一块波浪正在墙上闪耀。

2021年

心之碎片

午休有一个半小时。小卓一般会混在同事队伍里，下楼吃碗面。公司附近有三家面馆，一家是本地人开的，葱烤大排面，雪菜面，猪肝面，配几根小青菜缀在碗边。味道很家常，店不大，地板有些油腻。室内尽头是一间厕纸堆成山的男女通用厕所。同事嫌脏，经常拉她去另一家。网红面馆，扫码点单，脚下是黑绿相间的米字型拼花瓷砖。一碗牛肉面四十八，一只荷包蛋七元。还有一家在半地下，大杂烩，从西安臊子面到台湾蚵仔煎，出口处有一个专做外卖的小窗口，同时卖山东煎饼、丝袜奶茶和提拉米苏。提拉米苏盛在一只鸡心形状的塑料盒子里，有客人要，就拽一个包煎饼的袋子装起来。

有这三家就够了，小卓刚来两个月，还吃不腻。同事有时受不了，就去吃新疆菜，江浙菜，湖南菜。大中午的，五六个人围坐在圆桌旁，点一大盘红黄碎辣椒衬托出来的鱼头，装在鸟笼里的烤鸡，实墩墩的红烧肘子，露出白骨的烤羊排。吃完腆着肚子踱回办公室，趴在桌子上眯一觉。昏沉饱腹让小卓产生罪恶感，叫三次去一次。但也不能太不合群，初来乍到，带着良善的微笑坐在同事堆里，听他们侃侃旧事，吐槽几句客户和老板是必要的。

这是小卓效力过的第六家公司，平均两年一家。做影视的那家特别扯，人员混杂，干了一个月嗅到气息不对，没辞职就逃出来。上一家是最久的，三年零七个月，如果不是老头子大闹前台，揣一把水果刀扬言要砍她，她是打算做第四年的。老头子和妈的恩怨持续了那么长时间，都疲了，妈最后一次在电话里提起他，已经一口咬定要离婚。那时妈在海南。最开始还只在冬天飞去海南，做候鸟，视频给她看那套一千块租来的电梯房。后来上了瘾，不回来了。小卓怀疑她又找到了新男人，她从来不缺男人。老头子抓不到妈，来公司堵小卓，穿一件破洞背心，把这个重组家庭的烂事一桩桩一件件摊开在同事面前。

累了。小卓和老板说要走时，双方都没费什么唇舌。小卓靠在那张紧紧包裹住她的人体工学椅上，说还是走吧。老板应该在打量她。眼神是嗔怪，同情，惋惜，还是暗暗盘算有多少个项目需要交接，小卓不知道。她没有抬头，视线落在他的左胸口，有无数细小格子的格纹衬衫再叠加一只格纹口袋，仔细看有点奇怪。

此后小卓休息了大半年。督促妈把婚离了，方便她哪天头脑发热，想结就可以再结。这套说辞对妈很有用，她默默把手续办完了。老头子消失在她们的视野。她自己住的那个小家，以前妈隔三差五要过来避难的，暂时安静下来。妈发给她和新男人去购物的照片，想炫耀，又隐晦。她在一座菠萝造型的购物中心门口比耶，一身碎花裙，荷花袖，比少女还少女。谁给你拍的？小卓逗她。小姐妹，妈回一个笑脸。千里迢迢和小姐妹躲到雄鸡的鸡脚上去逛街，鬼信。

妈终于把自己安顿了，能维持多久还不好说。她和老头子没日没夜吵架那几年，沉沦在酒精、疯话，时而哭泣时而忏悔里，像两只斗牛拼死以角相抵，小卓冷眼旁观，觉得凭这份心力和体力,做任何事业都可以成功吧。

那边不再躁动,小卓给自己找了份新工作。经济形势不好,年纪渐长,价值观有所转移,不想再搭上命去帮资本家劳作。朝九晚五,赚一份分内的钱,别受太多气,别担太多压力。至少在这两年,她想收拢羽毛,把身子蜷一蜷,休养生息。平生第一回想到在阳台种花,葡萄风信子,好养,开放起来像绽出一口口蔚蓝小钟。

今天早上她给花浇水,坐在阳台发一会儿呆。眼见对面一个穿睡衣的女孩,从窗户里爬出来。小卓凝凝神。真是个人,从二楼房间爬到一楼私自给院子加盖的顶棚。走几步,弯下腰,捡起什么东西。想再爬回去就难了。窗台到她的肩膀,她用手撑着,把自己吊起来,两条腿晃几下,很快就落下去。反复几次。四邻都伸出头来看,有人叫,跳起来!跳!有人接话,跳管个屁用。隔壁递出来一只塑料小板凳,女孩踩着,把腹部紧贴窗台,奋力一拧,翻身拧了进去。大家拍手。然后新问题出现了,怎么拿回小板凳?

正看着,小卓的手机亮了,是贺嘉。在微信里她叫贺小小嘉,名字前后各装饰一朵黄色向日葵,这让她无论发过来什么话,看上去都很开心。她们是大学室友,一个寝室六个人,当时走得不算近。贺嘉家里条件非常好，有一个固定男友，大三那年作为班里唯一的交换生去欧洲游学一年。选拔过程并不透明，被告知有这样一个交流机会的那天，已经花落贺嘉。她失踪了两学期。在小卓和其他欠缺门路的同学学外语、做家教、找实习，屡屡被知名公司拒绝的灰暗日子，贺嘉在欧洲滑雪。大四开学，她回来了，给全班做了一次分享。手持欧洲特产的榛仁、浆果、松露巧克力，目光炯炯，鼓励大家趁年轻到处看看，打开眼界。比离开之前更明亮，更健康。

这种健康让小卓退却，还处在求学期的她说不清为什么，只能含混总结——出于直觉。要到在社会上打拼好多年，滚入过泥潭，再如莲藕一节节将自己超拔出来，才理解，没有一种健康和无辜是免费的。贺嘉投了个好胎，而那些脱靶的灵魂，要靠自己，一分一厘，从恶与纷争中把明亮长出来。

反而是这几年，小卓和贺嘉恢复了联系。同学间传言，贺嘉一毕业就去了加拿大，和男友结婚，买房，离婚，回国。创业最热的那几年，在时髦地段开了一间西餐馆，不知怎么又关了。要来要去都是爹妈的钱。有一天贺嘉约她单独出来，在西餐馆旧址，已经轻轻悄悄改装成了一家猫咪咖啡。贺嘉抱着布偶，小卓撸缅因，说了毕业至今最多的话。看见这张脸上涌出忧愁,困顿,沉痛,和放弃一切之后疲惫的轻松,小卓觉得贺嘉终于从半空中降落下来,成了一个真人。

不仅有轻率的明亮了。

从此以后,她们每年会见一两次,聊聊近况,平时不常发微信。倾诉苦恼,给出建议,互相勉励,是见面的主要内容。贺嘉开始接触心理学和身心灵,偶尔给小卓发冥想引导、能量调频、开发潜意识、塔罗占卜的视频。有空时小卓会翻看一下。老头子杀过来那次她也和贺嘉说了,贺嘉让她当场抽牌。她摸出一张。牌面上一个男人,握着一根木棍,站在山坡上,表情看起来有些紧张。山坡裂开,溪流漫灌,从不可见处戳出五六根棍子击打他。我不是太懂啊,贺嘉说,这牌好乱的,还颠倒过来了,你趁早走人吧。

算起来有七八个月没见了。贺嘉写道,最近如何?我今天会路过你新公司,一起喝咖啡?小卓回,几点?我只有中午能出来。贺嘉回,我约了人午饭,一点结束。小卓回,行吧,但聊不了太久,两点前我得进公司。贺嘉回,OK。放下手机,小卓看窗外,万事万物都仿佛静止了,楼房,窗棂,水管,树。女孩和板凳都不见了。

约在离公司最近的一家星巴克。初秋,空气介于冷热之间，动一动暴汗，风一吹又凉丝丝的。小卓在短袖T恤外面披一件灯芯绒夹克，随温度调节，穿穿脱脱。中午没什么主意，跟同事去了半地下食肆，胡乱往肚子里塞点东西。同事吃完仰头靠在椅背上，喝醉酒一样，唱起一首网络歌曲。

伤过的心，就像玻璃碎片。

爱情的蠢，永远不会复原。

字字铿锵，弹性十足，小卓在乱糟糟的环境里笑起来。

她散着步过去，比约定时间早到一刻钟。店就在大马路旁，两层，一楼只有点餐柜台和展示柜，二楼是座位。小卓准备点杯拿铁，每次把菜单看完，最后点的还是拿铁。店员问，您想喝什么？答案还没出口，小卓想起上次喝到一杯特别焦苦的拿铁。

热拿铁……但是上次点的那杯有股糊味。

是吗？

嗯，很难喝，最后剩下半杯都倒掉了。

您以前喝我们的拿铁会有焦苦感吗？

还好，以前就觉得都是奶味，没什么咖啡味。

店员笑了，那可能是操作手法的问题。

小卓看着她，你的手法怎么样？

我还可以,没有收到过类似反馈,要不您点一杯试试?

好。

等咖啡的间歇,小卓读起竖立在柜台上的宣传页。他们在推广一款冷萃,色泽金黄,带一点棕,像啤酒一般倒在细长的玻璃杯里。中下部析出波纹,如幼虎身上的斑痕。文案是这样写的:用特别的加工方式,赋予冷萃咖啡绵密的泡沫,口感如天鹅绒般顺滑。天鹅绒是顺滑的吗?小卓瞎想,毛茸茸的手感如果倒过来摸,应该是滞涩的。

店员客气地呼唤她,您的咖啡好了。

她接过来,看见纸杯上用马克笔画了一颗心。

店员说,您喝喝看。

小卓谢过她,端着咖啡走到户外。角落里有一扇玻璃小门,通向露天吸烟位。四四方方一块地皮,摆着一张矮桌,几把椅子。此时无人。桌上一只被烫焦的烟灰缸,斜插着一大捧香烟屁股。小卓坐下来。天气爽朗,头顶木质的廊棚遮去一部分淡阳,热拿铁释放出适宜的热量。这条巷子是大马路的旁支,从小卓坐着的位置,可以遥望滚滚车轮,属于赶着去这里或那里的轿车、卡车、电动车、自行车。相比之下,小卓是安定的。咖啡就在手边，朋友还没有来，班不急着上，无须和任何人说话，独自沉浸在一切都悬荡起来的静默中。

拿铁还是焦苦。

想到店员和善的脸，小卓继续喝。大学时的自己一定不敢相信，竟然和贺嘉发展出一段友情，她是隔在玻璃门外边的人。那时小卓和她的下铺，还有斜对面上铺一起玩，如今她们都结婚生子，奔波于家计。有什么伤心难过的事，小卓不再对她们讲，大家都不容易。意识到这一点是两三年前，出来聚聚，见了面争相说着你没变呀，你也没变。在一家蛋糕店喝下午茶，她们分吃卖相精致的开心果泡芙、覆盆子巧克力、纽约重芝士，没说几句就绕回小孩的教育。小卓和她们脱节了，既没有一个周末开车带全家到公园野餐的丈夫，也没有两个又皮又闹但从来不后悔生下来的孩子。

她们问小卓怎么样，小卓谈起妈的感情纠葛，连自己都觉得刺耳。对大多数人，恋爱是早在青年时代就应该解决的麻烦。一劳永逸。也聊过那几次困扰她的悸动，对网友，对前老板。她尽量说得淡然，然而欲盖弥彰，马脚尽显，意外的是，她们没有嘻嘻哈哈一路八卦下去，敷衍了两下，就转向那些真正关心和熟悉的事物。后来小卓明白了，人很难跳出常规，当初这几个人兴兴头头天天混在一起，只是因为共享着同一个常规。她说的话其实全都被听见了，但暴露心灵创口，对一次下午茶来说太沉重了。

人影一晃。小门里面闪过去一条蓝裙子，鹅黄挎包，像一只煎蛋挂在身体左侧。让小卓想起儿童简笔画，侯麦的电影，总是喜欢用简单明快的大色块。贺嘉没看见小卓，第一次来的人，很少会发现外面还有这样一片小桃源。小卓带着逗乐的心不进去，任她前后左右察看房屋结构，注意到楼梯，上楼找小卓。

小卓推开门，贺嘉！

贺嘉回过头，你在这儿啊。

坐外面吧？

贺嘉半个身子挪到门外，瞅瞅脱漆的桌面和烟灰缸，算了，我们还是去楼上吧。

好吧，小卓陪她点了杯焦糖玛奇朵，上二楼去。

二楼是一层宽敞的空间，排列着几十套桌椅。墙壁被刷成深灰色，搭配原木的窗框，看起来幽暗而温馨。顶头一块半圆形区域，是老建筑本身的遗留，开着四扇小窗。最好的座位就在窗下，被六七个中年男女占去。他们把三张小方桌拉到一起，拼成一条长桌。男士坐姿都差不多，以肚子为圆心向后垮塌，双臂交叠，搁在肚子上歇息。女士衣着颜色优雅，米黄，银灰，浆果红。小卓听见他们一人一句，说着一些打趣的话。

哎哟，大美女总算来了。

大美女哦，还是那么苗条。

刚刚背对着我，二十岁。回过头一看，七十岁。

七十岁怎么啦？你自己多年轻啊？

我老了呀。

那她配配你足够了。

小卓和贺嘉在邻桌坐下。贺嘉微微一笑，从包里掏出一只墨绿色小盒，推给小卓。小卓问，这是什么。贺嘉说，是和小代去泰国旅游带回来的伴手礼，按摩油。小卓没听说过，哪里冒出来个小代。贺嘉这才喜滋滋地说，小代是她交往了三个月的新男友，在一次清体课上认识。清体课就是把学员聚集在郊外，喝蔬果汁，相互拍打，得到身体和精神的双重提升。贺嘉上很多神神叨叨的课程，小卓不细问，倒是想起她回国有四年多了，四年空窗期，找个新男友是应该的。

恭喜啊！

谢谢。

这油怎么用，熏香吗？

不是。你做过那种推背按摩吗？让人给你涂在背上，你趴着，马杀鸡。

谁给我涂啊？

贺嘉笑起来，你也快找个男朋友呗。

为一瓶油找一个男朋友，不值得。

小卓把盒子托在掌心把玩，做工非常精细，绿底暗纹，封口处贴着一枚布面刺绣的仿火漆印。轻轻撕开，里面掉出一只深色玻璃瓶，拿在手里沉甸甸的。玻璃瓶上用英文写着：鼓舞/柠檬草与薰衣草。她顺势拧开，闻到一股沉郁和雀跃交织在一起的柠檬香。小卓往手背上倒了两滴，双手互搓，嘴里说着按摩按摩，贺嘉被她的动作逗笑了。

你最近怎么样？

又回到这个老话题。这好像是她们见面的常态，一切都从你最近怎么样开始。生活太多烦恼，随便抓一个线头，抽抽拉拉，就能把心底埋藏着的一大团问题都带出来。以往小卓会歪一下头，理一理，究竟从哪里讲起。妈的事情老生常谈了，贺嘉已经很清楚她的脾气。老头子愚蠢暴躁，小卓和他讲道理，他骂脏话。小卓配合他骂脏话，他装疯卖傻。工作也不省心，那么多年来，她和工作之间一直互为可有可无的关系。一个结构生成了，总有新的事件发生，新事件和旧事件大同小异，但讲起来，还是会爆发出新的怒火。

我——

今天有一点不同。小卓放慢速度,检索自己的心。那里面空空的。几乎是第一次,线头不见了。四壁光秃秃,像黑色虾线一样糟污、溃烂的心事,融化在茫茫背景中。头脑一片雪亮。这种感觉对小卓来说相当陌生,人可以不拥有什么,却仍然觉得满足吗?只因为妈远在海南,几个月没骚扰她,有自己同行的伙伴,不寂寞。只因为新工作刚开启不久,缺点还来不及显现出来。只因为每天按部就班,一刻有一刻的事做。只因为老头子是法律上的继父,关系解除,就如破包袱那样丢掉。在露天吸烟位体会到的安定又一次从小腹上涌,溢满心胸。

小卓轻柔地说,我——挺好的。

贺嘉点点头,喝了口咖啡,然后呢?

然后?小卓没想过。谁知道事态会如何发展。也许妈在海南过得不错,卖了这里的房,去那边买一套。和新男人登记结婚,做一个梅开三度的老新娘。头一两年相敬如宾,直到哪天病又犯了,哭哭啼啼跑回来。新男人早就变旧,一个电话打给小卓,像老头子那样破口大骂,妈了个逼!你妈个鸡!

不敢想。

贺嘉仿佛听见她在担忧什么，精确地把问题抛过来，你妈妈在外地待了好久了吧？

小卓如实回答，一年多了。

哇，被什么迷住了？

嗯——

这也是小卓想知道却迟迟没有问的。好几次半夜睡不着，思绪转到那里，她都勒令自己别往下想。下面是重重阴云。妈这个人，轻信，痴情，动不动着迷。八几年被朋友带着去跳舞厅，认识了爸。九几年和别人推牌九，飞苍蝇，警察上门时从二楼跳下来，摔断了腿。零几年跟着老头子炒股票，入市太晚，被股票炒。而今在镜头后面藏起了一个新男人。有什么不适合展示出来？三头六臂？缺一条腿？可怕的不是身体的缺陷，而是心理或财务的残缺。像妈这样一个女人，激情四溢，冒冒失失，内心深处又那么缺爱和脆弱的，最容易从一个火坑爬出来，就跳进另一个火坑。

贺嘉转而说别的了。小卓回过神，细听，原来讲起了她去泰国的旅行。小代在清迈买了间公寓，平时出租，请打扫卫生的阿姨代为管理。自己想住了，提前打招呼，买张机票飞过去，度个周末。真的是很方便呢，贺嘉说。他们窝在房间里喝奶茶，吃榴莲，看泰剧，到了饭点就骑着一部小摩托去夜市吃海鲜。夜市有乐队驻唱，人一圈圈围着，唱一些活跃气氛甜津津的口水歌。一首，两首，唱到夜色在周身弥漫，空气里飘浮着大虾、贝壳、鱿鱼、烤肉的香气，很解压。

下次和我们一起去啊，贺嘉说。

到时看吧，小卓说。

带上你未来的男朋友，贺嘉把重音落在未来这两个字。

给我涂油？

小卓拼凑不出这个画面。不知从哪天起，她的感情生活停滞了。提到对未来的想象，先蹦出来的是那几个僵化的概念。M型社会，女性贫困，老无所依，看护杀人。这一方面和她的工作有关。上一份和这一份，都要追热点，查资料，时不时读一些能唬人的社会学书籍，把别人总结好的知识点吞下去，再吐出来。另一方面来自某种受害者心态——为什么不是我？每当新闻曝出孤寡老人死在家中，无人收尸，腐烂了才由邻居报警，她冷漠并同情着。冷漠是因为，腐烂又怎样？死都死了，灵魂才不会在乎。同情则因为，这或许也是她的命运。

忽然，隔壁那一桌男女发出大笑，把贺嘉和小卓引过去看。明明都笑了，抄着手的男人却偏偏盯着被叫作大美女的那个：笑什么笑？痴头怪脑。大美女一头鬈发，上半段黑色，下半段黄色，此时一颤一颤，往旁边穿呢子大衣的女人怀里扑。呢子大衣伸长手臂兜揽住她，脸上残存着笑意，问他们记不记得一个绰号叫皮大王的。

记得啊，三班的嘛。

对呀。我们班小老鼠的姐姐，那时候都喊她小苹果小苹果的，后来和皮大王结婚了。

哦！好像有这回事。

皮大王二月份死了，胰脏毛病。

哎呀。

我在熟食店门口碰到小苹果，一张脸瘦掉一半，墨墨黑，说皮大王走的时候蛮痛苦的。

作孽啊，大家唏嘘。

这也是一种未来，小卓想，该怎么跟贺嘉表达呢。她看着桌上一粒不知从哪块三明治里掉出来的芝麻，慢悠悠说，我现在尽量不去想这些问题。

哪些问题？

就是……小卓搜捕词语。要用具体的句子让抽象的感觉现形，有点难度。就是……那些还没有发生的麻烦事，我妈，男朋友，未来什么的。

为什么不想呢？

表演者

小卓沉吟。等事情发生了，再去思考，谈论，着手解决。还没发生就开始忧虑，只会让自己陷入无力感中。

贺嘉停顿了片刻，你这么说也没错。

小卓低头喝咖啡。再抬起头时，她发现贺嘉沉默了。一时没有新话题接上来，沉默渐渐膨胀开来。等膨胀到觉出尴尬和怪异，小卓没话找话，问贺嘉，你这杯咖啡有糊味吗？贺嘉说，没有吧，揭开盖子重新喝了一口。确认了，确实没有，又看看小卓的。可能因为焦糖玛奇朵比较甜？小卓说。她想起店里有卖一种带小棍子的棒棒糖，用彩色糖纸扎起来，一般就放在收银台边。起身说，我下去买个东西。

买什么呀，刚吃饱饭，别买蛋糕。

不是蛋糕。

果然棒棒糖插在木盒子里，有红黄蓝橙多种口味。小卓拿了一根柠檬一根橙子，还有一袋看起来光滑干燥的腰果。负责结账的已经不是之前那位店员了。

上楼梯时，小卓回想，她和贺嘉之间的连接是建立在那些所谓的问题上的。她们很少分享爱好，日常，无关紧要的小事，她不知道开店失败以后，贺嘉目前靠什么维生。贺嘉也不知道她喜欢上了养花，爱吃烤玉米，在冰箱上贴一张宇宙星系图，欣赏莫迪里阿尼的画作大于梵高。这些地表以上的事没什么好讨论的。她们自以为钻得更深，把眼光投向地心，撕开那些牵动和刺痛她们的伤疤，想把光照进去。然后突如其来，今天的她没有问题了。地心之旅失效。

很难说是出于对沉默的恐惧，还是弥补，小卓把棒棒糖递给贺嘉，淡淡地讲，其实，我妈中途回来过一次，偷偷把离婚办了，没通知我。

贺嘉眼睛一亮，什么？

我也是后来才听说的。我在想，她这个人什么时候开始有了这么大能量，能在肚子里装进那么多事。

是啊，你妈妈一向心无城府的。

所以我怀疑有人陪她。老头子不肯离，照她的性格，只会三年五年拖下去。反正不在一个地方，干扰不到她。手脚那么快，应该是想马上把位置腾出来，让给另一个人。

谁呢？

I don't know，她瞒着我。说完以后小卓诧异，为什么要讲英文，还耸耸肩，像美剧里看到的那样。

这件事有伤害到你吗？贺嘉问。

哪个方面？

你们母女之间不像过去那样透明了，她不信任你。

小卓吮了吮嘴唇，很难说我们过去就是透明的。她一不高兴就来找我，但高兴的时候我想找她就难了。她当年是怎么勾搭上老头子的我就不知道，我爸也不知道，现在也还是一样。

你妈妈真有意思，又懦弱又彪悍。

对，就像那种炸糯米丸子，外面很脆，里面酥酥软软的。

贺嘉大笑。

小卓明显地感觉到，连接又重建起来了。她稳在原地不动。贺嘉问，没怎么听你说起过你爸爸，他是个什么样的人？

小卓一蒙。很多很多年没有人和她谈论父亲，她与爸，还有他背后那个疯狂家族之间血缘的纽带，因为妈的背叛几乎被剪断了。那个家族里出过疯子，小偷，诈骗犯，八十年代第一批万元户，著名企业家，生意失败在浴缸里割腕自杀的。爸是其中古怪得最平常的一个。他只是喜欢游戏，不谙世事，一把年纪还像小孩子一样可爱，可爱到令人发抖……他一直努力扮演父亲，扮演一个戴上绿帽子以后理应伤心的人，对未必体验到的情感尽职尽责。上次见他是在棋牌室，他让小卓坐他腿上，当一件玩具向牌友展示：我女儿，我女儿。那年小卓三十二了。

她咬咬牙，进一步祭出自己的秘密：我爸，他是个扮演父亲的人。

什么意思？

他会做一些他认为父亲应该做的动作，但后面是空的。

贺嘉一拍桌子，对了，你等等。翻手机相册，找出前两天保存的一张截屏给小卓看。是书上的文字，贺嘉用朗诵腔念起这段话：在和孩子说话的时候，很多成人都会开始扮演角色。他们使用一些孩子气的字句和语调，以高姿态和孩子说话，对孩子并不平等视之。你暂时知道的比孩子多或是你此刻比较高大的事实，并不意味孩子就与你不平等。大多数的成人，一生当中，总会有一段时间是身为父母的，这是一个非常普遍的角色。而最重要的问题是：你是否能够善尽父母的职能，而且游刃有余，但是又不与这个职能认同，也就是，不让它成为你所扮演的一个角色？

太巧了，这是我上星期刚读到的，觉得特别有道理。你就是这个意思吧？

小卓抬了抬嘴角。不完全是，但是她没有力气解释更多了。

贺嘉接着说，我父母也是这样的啊，从小到大，无论我做什么说什么，做成了没做成，他们都有很多大道理等着我。听得我头都要炸了。三十多了还把我当小孩子，我是一个离过婚的人哎，他们竟然劝我不要和小代单独去旅行。

小卓嗯了一声。

当然了，我也懂，他们都是为了我好。但这本书里也说了，父母是不可能帮孩子避开痛苦的。只有放手让他们去经历，才能获得成长。你爸爸也是这样想的吧。天下的父母都一个样，出发点是好的，就是忽略了你的主体性——让我查查是不是叫主体性。贺嘉又翻出照片，划了划——是本体。

小卓看看手机，一点四十七了。关于父亲，她的生父，她有堵塞住的，一旦疏通必将喷薄而出的回忆和情感，好与坏，血与泪，耻与辱，她不敢轻易触碰。没有时间了，没有足够深邃的水域，没有驶入地心的船，没有容纳残骸，让她把打捞出来的宝物或垃圾一一分拣、存放的安全舱。作为一个动力不足的航行者，她疲倦了，倦意袭来得又快又猛，才几秒钟，就让浑身的能量被盗空。

小卓忍不住打了个哈欠。

贺嘉还准备说什么，但止住了。

我要回去上班了,小卓挤出微笑。

哦,贺嘉点了点手机屏幕,不早了,那走吧。

两人把没喝完的咖啡端起来,纸巾和食物残渣留在桌面。一旁抄着手的男人似有若无转过头,扫了她们一眼。有人用一种酸酸甜甜,又略微扎人的语调调侃他和大美女。

现在我们这群人里头哦,就你和她两个光棍了。

女的怎么可以叫光棍啦?

应该叫单身贵族。

你们这样很浪费钱的。

浪费什么钱?

一共两个人,住两套房子,不浪费吗?

那怎么办?

照我的意思么,搬到一起算了。把贵的一套租出去,租金充公,让我们大家吃吃玩玩,不要太开心哦!

大美女嘻嘻笑,我又无所谓的咯,是他看不上我呀。

他敢看不上你?

他现在要找小姑娘了。

他那么老了,找什么小姑娘。

你问他呀!

小卓与贺嘉走下楼梯。做咖啡的那位店员回来了,站在蛋糕柜前，冲她们笑笑。小卓晃了晃手里的杯子。一个穿商务装的男人拉开玻璃门，在门外驻足，犹豫要选左边的椅子还是右边的。已经坐下的那个把烟灰缸推到中间。小卓怀念一小时前，就在这片秋日难得的小桃源享受到的纯粹、无边的平静。它是突然涌现的，流遍全身，没有任何道理可讲。随后，也像来的时候那样突然消散了。小卓清楚原因。那是因为她不满足于混沌，试图一伸手，从混沌中抓出尚未成形的闪电。

她们在路口分别。贺嘉朝向地铁站的方向，小卓回公司。贺嘉说，你多保重啊，下次我把小代也叫出来，一起吃个饭。小卓说，好，下次见。踏着自己的步子慢慢往回走，指尖冰冰凉。路过面馆时，她注意到贴近地面的玻璃窗上映出四五只头颅，推推搡搡，正顺着台阶移动上来。想起中午同事在底下唱的歌：伤过的心，就像玻璃碎片。爱情的蠢，永远不会复原。还剩着的小半杯热拿铁早已变冷，握在手里十分鸡肋。不远处就有垃圾桶，扔掉之前，小卓转过咖啡杯，看上面画着的那颗心，左一划，右一划，很简单，很简陋。身边行人流动，穿梭如风，她想在变幻的人世间掌握一个确凿的自己，却总是上上下下，浮浮沉沉。

小卓决定不分析，不理会，让亲手挖掘出来的这道伤口先这么敞开着,静置一会儿。回到办公室,两点零三,玄关上那台坏了的钟还傻愣愣地指着十二点半。同事们睡觉的在睡觉,打字的在打字,聊天的在聊天,每个人都活在各自的真实中。小卓加入他们。一重真实与另一重真实交叠,再交叠,再交叠,最终成为白色。

2022年

去杜莎夫人蜡像馆

骑往人才交流中心的路上浓荫遮蔽，曾属于老上海最幽静的法租界区。每隔两三米冒出一棵梧桐，和街对面的梧桐手拉手，用粗壮的枝条抵挡烈日。薛婷满头大汗，既没戴帽子也没戴墨镜，从树叶缝隙漏下来的阳光掉在她脸上。接近正午的街道行人稀少，商店关着门，空调机箱哼哧哼哧往外排放热气。每到一个路口她就捏紧刹车，右脚勉强踩向街沿，眯起眼睛找路牌。除了一头长发，她什么都短，无论手脚还是个头，摊开一只肉掌像是袖珍玩具。包搁在车篮里，为了防贼，肩带在龙头上缠了两三圈。薛婷一蹬腿，想借助反作用力向前滑行，红灯却不偏不倚亮了起来。

薛婷稳住车身，从包里摸索纸巾擦汗。出门前，坐在她隔壁的同事甩过来一瓶防晒霜，被她条件反射地拒绝了。那个同事常常在办公室只剩下她们两个的时候，捂住嘴压低嗓音告诉她，又把难吃的果脯或快过期的巧克力当作礼物送给了打扫卫生的阿姨，阿姨还代她女儿谢谢她。说完笑个不停。今天早上就发生了一次。天热了，老板不允许开空调，说是要等到三十五度。同事藏在抽屉里的花生酥变得软塌塌的，快变质了。她当下把阿姨叫过来。阿姨正爬在架子上擦窗，听见召唤，吃力地把半边屁股往里挪。同事嬉皮笑脸地说，家里多买了一包花生酥，硬塞给阿姨。阿姨低头看了一眼，和手上的湿抹布团在一起，轻声说不要了。"有什么好客气的！"同事坚持。阿姨眼睛周围细小的褶皱紧了一紧，谢过她。

她扁扁嘴，一侧眉毛高高挑起，朝薛婷露出一个俏皮的笑容。

薛婷没要防晒霜，同事不高兴了，"怎么，嫌弃我的东西啊？这可是一百多一瓶的。"

"不是，我不涂这个，晒黑点不是健康嘛！"薛婷搪塞，向财务讨了自行车钥匙，往门外走。

"神经！傻兮兮的。"同事说。

进入夏季以来，整个白天都躲在办公室，午休时也对着电脑，从不出去闲逛。公司小，没有管理人事的专员，谁都不愿把多余的活儿揽到自己身上。薛婷的档案一直吊在学校没办理转接手续，她打电话去问，说现在的公司不具备存放档案的资格，让她联络所属区县的人才交流中心。她照着本子上记的一五一十跟老板说了，老板在屏幕后面，仿佛没听见。她仍像个学生接受训话，双手背在后头，老老实实等待着。

"嗯？什么事？"老板如梦初醒地抬起头来。

她又复述一遍。

"那你自己去跑一趟吧！"他说，"薛婷，好吧！"

她觉得自己像一株不受欢迎的庞大植物，每提一个问题都是对他的打扰。磨蹭了一会儿，还是支支吾吾地问道，其他同事的档案放在哪里。老板迟疑了几秒，又一次从梦中被拖拽出来，不耐烦地回答，"我怎么知道？我自己的档案放哪儿我都忘了。"

人才交流中心的门不大，两边稀稀落落停了几辆电动车。薛婷把自行车往空旷处一锁，不放心，又移出来，塞进两辆电动车的夹缝里。握把刮到了其中一辆的后视镜,立刻哔哔哔叫起来,响了十几下,无人理睬。薛婷回头检查,老板花八十块搜罗来的这辆二手自行车单薄,破旧,左右还有两个门神把守,小偷应该看不上。

绕过门厅里存放的一辆小面包车,办事柜台展露眼前。一排长桌后面,半个工作人员的影子都没有。电脑呈屏保状态,一枚Windows图标幽灵般飘浮着。

"有人吗?"薛婷朝不知哪儿喊了一声。

黑暗的通道里缓缓出现一个男人的轮廓,"什么事?"

薛婷说明来意,男人懒洋洋地拖着腿走到办公桌前,慢动作递给她一张表格,"每个月交二十元管理费。"

二十元,放一年就是二百四十,两年四百八十,薛婷暗自计算。为求稳妥,还是掏出手机打个电话给财务。

"这要问老板。"财务在那头说,然后便沉默不语。

"那你帮我转接老板吧。"

"你挂了重新打,让小钱给你转。"财务挂断电话。

小钱就是刚才提到的同事,连同老板和财务在内,公司一共四个人。

"热不热? 晒不晒? 哈哈哈!"小钱自顾自大笑。

"还好,你给我转一下老板。"

"还好啊? 我看这太阳是火辣辣的呀,不过你不是喜欢晒嘛!"转了。

"二十元？"老板嚷起来，"为什么要收费？"

每当老板认为某项费用设置可疑，都会这么发问。她们经常听他骂骂咧咧，这个东西不该收钱，那个谁谁太过黑心，如今经商的早就没有了理想和气节，只想着捞一票，挣快钱。而他自己和客户谈报价时，强硬作风又瞬间疲软，即使对方闭着眼睛砍掉一大块，唯恐生意溜走，也只好答应得快。

薛婷心想，不如把电话交给那个昏昏欲睡的男人，让他普及普及，究竟是哪个部门哪项条例允许他们堂而皇之收费的。但说出口的话是这样的：

"都要收费的，代为管理，怎么会免费呢。"

"谁说的，我的档案从来没问我要过钱啊！"

"你的档案放在哪儿？"

"也是这种地方。"

"那怎么办？"

"嗯，再想想吧，薛婷，你自己想想办法。"

又是这伎俩。一到关键时刻，老板就让薛婷自己想想办法，抽身而出，把麻烦推给她一个人。好像没有任何资源，她也能急中生智，从无中变出有来。有一次请客户吃饭，客人在她上厕所时点了瓶洋酒，财务不给报账，说一切听老板的，没有老板发话，她不敢私自放行。薛婷跟老板解释半天，老板摸摸脑门，一边骂客户没礼貌，一边怪她太过大意。

"怎么会有人趁别人上厕所的时候偷着点酒？这孙子！"

"我也想不到，一回来，桌上就多了一瓶酒。"

"哎！这应该想到的。"

"……"

"以后请客户吃饭，别上厕所了。"

"那尿急怎么办？"

"憋着呗。"

"憋死了怎么办？"

"哪儿至于！少喝点水，忍一忍吧。"

"那么昨天的……"

他揉搓下巴，看起来挺痛苦。僵持了半天，抛下一句话，"你自己想想办法吧！好吧，薛婷！"

有什么办法好想？还不是自己贴钱？

"没有办法的，老板，人家清清楚楚说了，我们公司不具备保管档案的资格。"

这次她决不妥协，档案这回事，应当由公司负责。递给她表格的工作人员刚才还没精打采，此刻耳朵竖着，听他们在说什么。薛婷见状，转过身朝门口踱了几步，背对着他。老板破天荒没有挂机,薛婷小声说,"其实也不算贵的,二十元一个月已经很便宜了。"

"这样吧,"老板想起来,"你放在街道不就好了,街道不收费。"

"什么街道?"

"就是你户口所在地的街道啊!没问题,回来吧!快回来。"

挂了。

她走出大门。自行车还在,两旁的电动车已经开走,剩它孤零零一个,随时有被窃的风险。

回到办公室,财务和小钱不见了,老板的门关着。他一般会大开门窗,穿堂风让空气流动起来,不那么闷热。这也方便他随时知晓外间员工在做些什么,一旦有人聊天,隐隐约约的嬉笑声飘进屋里,下一秒他就出来,给大家找些芝麻绿豆但刻不容缓的事情。查资料,找图片,联系一年半载失去音讯的客户。只有当他老婆接孩子放学,经过这里停一停,上楼吃两块点心,或者实在热得忍不住把他那间屋子的空调打开,才会关起门来。独享清凉多少有些过意不去,他关门总是慢吞吞的,假装是风不小心把门碰上了。啪嗒。今天是哪一种呢?

厨房传来笃笃笃菜刀敲击案板的声响,阿姨在准备午饭。

薛婷走到阿姨身边。阿姨侧了侧头,见是她,哑着喉咙笑起来。灶台前热气滔天,她惊讶地发现,阿姨棕黄色的皮肤紧绷绷的,一丝油光也不泛。

"阿姨你不热?"

"热!怎么不热!"阿姨拉出塞在围裙口袋里的小方巾,脖子胸脯狠狠地抹了一把。她想象溅出来的汗珠滴到汤里,一阵鸡皮疙瘩。

"其他人呢?"

"不在房间里吗?"排风机开着,阿姨大声吼,"我顾着烧菜,没看到。还有二十分钟就可以吃饭了。"

薛婷看时间,十一点四十。老板要求十二点半开饭,阿姨总像计时不准的老旧钟表往前推半个小时,这让老板恼怒不已,每次从办公室里被唤出来脸上都拧成一团。

"阿姨,不是说了十二点半吗?!"

"老板,对不起。但是早点吃完不是挺好的吗?你胃不好,不能饿。"

"唉!"

所有人坐下吃饭,察言观色。老板的眉头和筷子一样渐渐打开了以后,才敢放开声音说话。话题常年不变,财务从前在大公司的光辉历史，阿姨连声恭维，小钱描述如何冲进一家商店经受不住诱惑又一次疯狂购物，于是话题自然而然转移到年轻人的恶习。财务批驳起来格外痛快，筷头一上一下点着小钱和薛婷。

"都是你们这些八零九零后！"

小钱嘟起嘴来反击，薛婷埋头吃饭。

小钱的花生酥搁在料理台一角，薛婷用余光瞟瞟，被阿姨发现了。

"你要不要吃啊？拿去吧！"

"我不要，这是她给你的，我怎么能拿呢。"

"我不要吃，她非要塞给我，带回家我女儿也不要吃。不怕你笑话，她给我的东西都是快过期的，那些糖、山楂，都快化了，有的还变味。我女儿都说我，妈妈，你怎么老把这种垃圾往家里带！"

薛婷装作不可思议的样子，阿姨摇了摇头。阿姨的女儿和薛婷差不多岁数，大学毕业一两年，在一家日企工作。她应该没有丈夫，离异或者过世了，从未听她提起。有时她们几个在厨房叽叽咕咕，薛婷不高兴掺和，对她的情况也不了解。

见外面没人，阿姨开始跟她絮叨起来。说在这做了一年多，从没主动提过加工资，老板的任务倒是越派越多。起初只要打扫两间办公室，后来让她烧午饭，两个月前甚至连老板家里的卫生都要一并做掉。她向财务和小钱抱怨事多钱少，她们听过就算，顶多跟着数落老板几句，并不会真的为她请命。她只好自己暗示老板。装聋作哑的功夫老板很有一手，暗示根本起不了作用。上个礼拜她不得不提出辞职，这下老板急了，再三挽留，给她加了一点工资。

"还是少，"她说，"唉，算了。"

大门突然打开，阿姨立马收声。是财务和小钱，两个人笑嘻嘻从门外进来，一人手上一根雪糕。"你回来啦？"她们冲着薛婷喊，"没口福啊，刚刚我们跟老板花言巧语了一番，骗来两根冷饮，可惜你不在呀！"

薛婷耸耸肩。

老板的门开了，一股冷气霎时间溢出，把薛婷往那个方向吸了几步。一个男人跟在老板后头走出来，矮个儿，相貌平平，五十来岁的模样。老板让过身子指指他，"刘鹏，我初中同学。"

空气震颤了两秒。小钱瞪大眼睛望向薛婷，薛婷不动声色。男人友好地笑了笑，一张面团似的脸上红扑扑两块，头发稀疏散乱，老式眼镜，圆领汗衫上印着一棵椰子树。

刘鹏这个名字实在耳熟能详，老板常年挂在嘴边。"当年，我和刘鹏怎么怎么""刘鹏这小子，现在不得了""刘鹏在日本混得那个好"……作为老板固定吹嘘的几个对象之一，刘鹏一直让全办公室畅想不已：金融巨子，上流社会，鲜衣怒马，纸醉金迷……跟面前这个胸怀椰子树的男人对不上号。

"走，吃饭吧!"老板招呼刘鹏。

在餐桌边围坐下来，最先下锅的菜已经冷了。炒豇豆，八宝辣酱，鸡蛋羹，油亮亮的红烧肉。他们平时吃得简单，每样一小碟，阿姨天天嘀咕菜钱太少，最近物价涨得厉害，再这样下去就不能保证每顿都有两样荤菜了。老板从不搭她的腔，她只好买来一块肉，切丁切片，动足脑筋往不同绿叶菜里掺，半荤半素地码在桌子上总比清炒蔬菜好看些。

有红烧大排、葱油鸡、五花肉、咖喱牛腩时，老板格外满意，吃饱了往椅背上一靠，称赞阿姨手艺不错。阿姨趁机大吐苦水，斗胆请老板多给些菜钱。老板半闭着眼睛，微微点头道，"嗯，不过这肉价是不正常的，国家正在宏观调控，用不了多久就会降下来的。"

他每个月从员工工资里扣三百块钱。替他们算了笔账，二十二个工作日，平均一顿十三元。这个地段吃饭很贵，几乎没有价廉物美的小吃店，一进餐馆就是西式简餐，随便一点就三四十元。薛婷原本自己带饭，但所有人都付了，也不好唱反调。

老板不断给刘鹏夹肉，刘鹏也不客气，一块接一块吃得挺欢。他们看起来哪里像同龄人。但刘鹏还算温和，不招人烦，不像老板有几次带回来的朋友，大呼小叫，说凭阿姨的水准完全可以开个私宴。薛婷嚼着每隔几天就要重复一遍的饭菜，呆呆地看着他们。

"听说上海开了一家蜡像馆？"刘鹏问。

"是啊，杜莎夫人蜡像馆，开了有几年了吧，在新世界楼上。"老板说。

"哦，好久没回来落伍了，我有空去逛一下。"

"这有什么好看的？"

"我有兴趣看看。"

小钱放下舀汤的勺子，"老板，我也有兴趣。应该很好玩的吧，可以和好多名人拍照啊！我好几个朋友都去玩过了，开到现在那么久，我还没去过呢。"

"刘先生，你在日本这种东西应该看得不要再看了吧？"财务接口道。

"刘先生是日本人？"阿姨说话了。

"什么呀！怎么可能是日本人，我不是说了是我初中同学嘛,你怎么想的?"老板说,"他是本科毕业了去日本念硕士的。"

刘鹏笑了起来,"我变得像日本人了?"

"那刘先生日语一定说得很好吧?"

"废话!"老板代他回答,"我前两年去日本玩儿,多亏了刘鹏做向导,否则我就蒙了。"吃了两口饭补充一句,"很溜。"

刘鹏在一旁谦虚地笑笑。

"刘先生,我女儿最近在学日语,她是给一个日本公司工作的,能不能让她带你去蜡像馆玩玩,顺便和你交流一下日语?"

"好主意,可以啊。"老板说。

刘鹏说,"好啊,什么时候去呢?"

"就明天吧? 明天星期六,刘先生有事吗?"

"好的,没事。"

小钱露出羡慕的神色,"阿姨,你女儿真开心,我也想去蜡像馆。"

没有人接她的茬。

"老板,我想去蜡像馆,能不能大家一起去,就算公司福利嘛!别的公司都有旅游、团建什么的,我在这里快三年了,什么都没有。难得给我们安排一次,又是在上海,其实你很划算的,用不了多少钱。"

老板歪着脑袋看着她,似笑非笑。

"好吧,"他竟然同意了,"明天早上,大家一起去。所有员工,阿姨,你也去,还有你女儿。"

"太好了!"小钱扯开嘴角得逞地笑起来。

"不过我不去。"老板说。

吃完饭,几个人商量起时间地点,如何碰面。薛婷打电话给户口所在街道,光是要找出哪个街道就颇费一番周折。从小到大搬了三四次家,童年居住的地方早已化为一片废墟,两年前又因为要照顾生病的外婆租了个房子。回忆含混不清,薛婷给妈妈拨电话,从厂里待退休后,妈妈至今赋闲在家。所幸薛婷大学毕业,开始挣钱,有能力慢慢填补经济空缺。铃声一响,那边马上接了起来,像有人一直守在电话机旁。

"妈,你怎么这么快,吓死我了。"

"哎,我正好在这里。你怎么上班时间打电话回来?出了什么事吗?"

"不是不是,我想问我户口所在街道是哪一个,我要转档案过去。"

妈妈给出一个模糊的答案,"好像是那里。"

"你确定吗?"

"不确定,应该是。"

"好吧,我去问问。"

刚想挂电话,妈妈的声音追过来,"别忘了今天晚上!下班后早点去!"

"知道了,怎么会忘呢。"

两分钟后电话又响起来。

"您好,请讲。"薛婷用训练有素的问话武装出一个不卑不亢的形象,通过话筒传递出去。话筒对面小心翼翼,"薛婷? 是妈妈。我打你手机没人接才打这个电话的。"她不太敢打公司座机,怕其他人接起来,也怕被老板听到影响薛婷的前途,"街道没错,我帮你查过户口簿了,没错。"

第一次妈妈打电话来也是急事。她一个人去火车站附近买了个水货手机,问薛婷价格合不合理,有没有被那些看起来吊儿郎当的小店主骗,却一下子记不起她的手机号了,只好硬着头皮打公司号码——88645489,伯伯落水我是不救。那天回家,她眨眨眼睛告诉薛婷,你接电话很专业的。

连着两次忙音,街道办事处的电话不好打。薛婷一遍遍按重拨键,一听见密集的嘟嘟嘟就挂断重来。手指头都按得麻木了,终于打通,"午休时间,过了一点半再打。"还没容她说一个字,又断线了。

小钱喜气洋洋走过来,"明天早上十点钟,我们已经说好了,你千万不要迟到,新世界门口见。"

她点点头。

"我们几个都住公司附近,谁让你住杨树浦那么远。我们和刘哥打车过去,公司报销。阿姨和她女儿我就管不着了,让她们自己去。"

阿姨洗完了所有碟子,擦净晾干,抹着手从厨房走出来。买菜送的红色塑料袋里装着她的皮夹和随身物品,隐约透出了花生酥浅蓝的包装。

"阿姨,明天见!"小钱乐呵呵邀功,"看我给你们谋福利吧,我们大家都能去!"

"是啊,你嘴最甜了。明天见!"这会儿,阿姨会到老板家里继续打扫卫生,老板娘下午不在家,逛逛街,去孩子学校附近喝杯咖啡,把地方腾出来,让阿姨好好收拾。

财务开始哀叹天热,不想骑车去邮局加水电费。有两次,财务看薛婷闲着,用商量的口气恳请她去邮局或银行跑一趟,说自己手上的活儿多得忙不过来。薛婷不好意思拒绝,只能蹬着自行车,帮她赶去付账。小钱是不会上这种当的。哪怕层层叠叠的网页下面正刷着淘宝,她也会高声反制,说还有一长串事情没做,就那么几千块工资,没日没夜,要死要活。怨言快穿透门板钻进老板耳朵里了,财务嘿嘿讪笑,劝她把音量压一压。说着说着,财务语速慢了下来,目光移向薛婷,薛婷赶紧抓起电话机,短短的食指就按在重拨键上。对方已经说过午休之后再打,如果接通只能自取其辱。好在那头始终忙音,只有一次铃声延宕了一会儿,吓得薛婷立即挂断。

在长达半小时的装腔作势中,薛婷想起晚上的事。妈妈托人给她安排了相亲。一个出于兴趣爱做红娘的老太太,不知妈妈怎么认识的,说手头上有许多资源,成功配对了不少人。妈妈跟她聊天,提起女儿大学毕业了,老太太让她尽快把她嫁了。过了二十六就非常麻烦,每年新鲜出炉的女孩子多得不得了,到时候没人要,只能做老姑娘,或者在别人挑剩下的歪瓜裂枣里随便捡一个凑合。

妈妈一听,回家以后也变得心急火燎,在婚恋市场上浸了一浸,才意识到形势有多紧张。她把严重性对薛婷详细解说一遍,告诉她已经替她在老太太那儿预了约。没过几天,老太太打来电话,说有个合适人选。妈妈欣然同意,商量好今晚见面。薛婷问妈妈,她开的什么条件。妈妈说,有钱,人好。薛婷还算满意。一大清早,妈妈把她祖传的真丝旗袍从柜子里翻出来,熨好,塞进一个硬质袋子里交给薛婷。旗袍最早是外婆的,薛婷没见她穿过,据妈妈说,生到第三个孩子外婆就胀成了一只气球。妈妈也穿不下了,传给薛婷,找师傅按照她的尺寸改了长短。时光流转,轮到薛婷穿着这件战袍出征了。

洗漱完毕,薛婷吸一口气,钻进旗袍,被妈妈一把拉住。"你这个小孩子怎么一点心计也没有的?这么热的天,一整天捂下来都发臭了。快脱下来,带走,下班以后洗个澡再换。"

旗袍就放在包里,被她压在身后。薛婷一挺胸,把包抽出来,默默转移到文件柜上。看看时间,一点半到了,她正式打起了电话。财务嘟嘟哝哝整理东西,关掉韩剧,准备等一下亲自去邮局。

"不能放在街道,"对方说,"有工作单位放工作单位,工作单位没有资格接收就放所属区县的人才中心,没工作的才能放在街道。"

"但是我这里有点问题,能不能通融一下?"

"不行,"对方斩钉截铁,"这是规定。"挂了。

薛婷沉重地摆好电话。两双耳朵都听着,没有人说话。这下不知道怎么办了,难道又要她付这笔钱?

这时,刘鹏从老板的办公室出来,进了洗手间。薛婷晃到办公室门口，鼓起勇气走了进去。

老板坐在平时的位置。刘鹏坐沙发，沙发前搭着一只小方凳，搁一台笔记本。两个人互不干扰地进行各自的商务活动。

"老板，档案的事情……"薛婷说。

"还没弄好？怎么搞的？"老板语气夸张地问。

"要付钱啊。"

"不是跟你说了放在街道吗？"

"我打电话问过了，街道不准放，没工作的人才能放街道呢。"

"那我怎么能放在街道？"

"你记错了吧！"

老板不作声，双眼紧盯电脑屏幕，又一次让薛婷觉得自己多余。

忽然他说了句，"还有其他办法吗？问问吧。"

"问谁呢？"

"你自己去问啊，你问我，我怎么知道问谁。"

薛婷咬嘴唇。

"难道要我告诉他们我没工作？！"

"呀，好主意！可以吗？"

薛婷一听，怨愤交加，气冲冲地说，"那这样吧，明天我不去了，门票钱就算你给我出的托管费，剩下的我自己贴。"

"去哪儿？什么门票？"老板抬起头，如坠云里雾里。

最后总算同意给她出钱，但要她再跑一趟，打听清楚两件事。第一，放得久一点能不能讲个价，打个折。第二，二十元是托管一个人的档案还是一整个公司的。一样管理，能不能把他们所有人的档案都打个包，交托进去。

从办公室出来，正好与刘鹏擦肩而过，薛婷迅速切换回镇静的表情。

财务刚跨出门，薛婷拦住她，问什么时候回来，她要借用自行车再去一趟人才中心。财务一听把包往桌上一横，抖出钥匙和账单，嘻嘻哈哈全扔给了薛婷。

两点比十一点更晒，然而薛婷喜欢夏天，也不讨厌出来办事。骑着车在街上转悠，她想尽量拖长时间，不必很快回去。以前每次路过这片区域，她都会放慢速度，观察漫天浓荫下面不说话的老洋房，觉得徜徉其间的自己，像是有着曼妙前程。而现在，也并非不曼妙了，只是拉近距离仔细看，多出一粒粒杂点。

回到办公室快五点了。她只顾笃悠悠骑车，去邮局排队付款，被人才中心的工作人员无声奚落一番，顺便在一家挂着外贸中裤的小店门口停下来，看了两眼，不知不觉就过了三小时。老板也许会大发雷霆，换作平时，只要他疑心她们在哪儿耽搁时间太长，电话就会追过来，接起来，是小钱。小钱会用若无其事的口吻问她，到哪里啦，干什么呢？她也替老板行使过相同职责，知道关心后面藏着什么。

加大脚下力度，薛婷骑近了小区，一看前方路口，老板和刘鹏正站着打车。不自觉地，薛婷把车歪进了一条小弄堂里。几分钟后，出租车来了，薛婷望见老板坐进了副驾驶的座位，把刘鹏让进后座。

开远了。

她舒了一口气。

财务已经下班。每次老板前脚出门，她后脚跟着回家。气呼呼嚷嚷着要给全家人烧晚饭，做家务，她们这些小女孩才不会有这么多负担，然后天经地义般收拾东西走人。小钱会故作潇洒地说，"去吧去吧！老板都走了，不回家才是傻子。"门关上以后，再跟薛婷嚼舌头，说这人怎么这样。果然，薛婷一回来，小钱就拔高嗓门给她接风，"薛婷！你去了这么久！是不是邮局人很多？这个财务太不像样了，她自己的事凭什么让你做！"

薛婷环顾左右，只有她们两个，明摆着的。

"没事的。"她笑笑。

"哟，你快照镜子看看，一个下午哦，脸就晒得这么红! 我说给你用我的防晒霜吧，你不要，看看现在，唉! 真是的。"

薛婷走到镜子前，真的，一张脸通红。每当脸被晒红，尤其是鼻尖翘起椭圆的一点，她就觉得镜子里的人不像自己。

"你说我们要不要也下班了?"小钱试探地问道，"我今晚要去健身房。"

"那你去吧。"

"哎呀，这样不好。"

"没关系，我还在呢。"

小钱吱吱嘎嘎转她的座椅，薛婷反应过来，这不是她期待的答案。以前有过一次，老板忘拿东西又折回来，发现财务溜了，当场打电话给她难堪。小钱希望的是，所有人一起走，万一有什么事，法不责众。

"你为什么不走?"

"我……我热死了，想洗个澡。"薛婷说。

"就厕所里那个莲蓬头? 都锈成那样了还能用?"

"能用的吧。"

"干吗不回家洗?"

犟不过她,薛婷只好说,"好吧。"

锁门的一刹那,薛婷心情糟透了,感觉自己虚伪,软弱。

还有点猥琐。因为五分钟后,在楼下道过明天见,薛婷和小钱向两个方向走去,装模作样走了一百来米,她就像一只老鼠悄悄返回,破门入内。

此时的办公室黑暗、陌生。这座明文规定不得做商业用途的居民楼内,隐藏着许多家小公司。有的光明正大把名称挂在门外。老板效仿他们,也请人做了一块招牌,白底金字,还有学设计的实习生草拟的公司logo。刚准备上墙,被物业经理制止,"不行的!想得出来!"隔壁邻居十分反感同层有个公司,进进出出都给脸色。偶尔铁门忘了关上,门铃就响起来了。

老板说,"怪了,为什么别人可以?大概是有路子。"

财务瞥了他一眼,"怪?一点都不怪,这要靠打点的呀,你打点了吗?什么路子,钱就是路子。"

为了避免一夜翻压把头发弄乱,薛婷起床以后才洗的头。对着镜子梳好,长直发,一直披到后背。妈妈说别剪,她也不想剪,长着长着下摆就分叉了。她去理发店把分叉修掉,再长,再分叉,周而复始。

出了一天的汗，头发紧贴头皮，看起来从三维变成了二维。一股淡淡的酸味。不仅头上，脖子、腋窝、手肘、膝盖，任何一个能够弯曲的部位都窝藏着汗液。薛婷把衣服和汗液一起脱去，跨入从没用过的浴缸，打开水龙头。

没水。爬满锈斑的不锈钢龙头如同失修的机器，咿咿呀呀，吐出几口黄汁就罢工了。

一小时后，薛婷走进商场五楼的餐厅。等位的人或坐或立，把入口处占去一大块。空调透凉，让人汗毛直竖，薛婷感到皮肤重新变得滑溜溜的。

妈妈和老太太候在一张四人桌边，一个男人坐在对面。妈妈朝她招手。薛婷走过去，尽量让自己保持仪态。在三个人的注视下，她不太会自然迈步了。

男人一脸肃穆，一双大眼睛直直朝她探照过来。

"程明，"老太太介绍，"薛婷。"

押韵。

程明冲她点点头，没有笑意，薛婷克制住自己微笑的习惯，也把嘴角拉平。老太太接着说，"程明是我一个小姐妹的孙子，三十一岁，大公司做销售的。薛婷今年二十三还是二十四？在一家外资企业。"

"二十五了。"薛婷说，程明没听清楚，凑上头来问她，"什么？"

"没什么没什么，"老太太笑着说，"你这孩子，真耿直。"

薛婷闭上嘴，心想，还不算耿直，还没更正根本不是什么外资企业，如果非本地人开的企业也能称得上外资，那倒是的。

家长离开，剩下两粒被寄予厚望的种子。

程明看似健谈。他锁着眉头评论起这里的环境，空调太冷，噪音太大，员工制服颜色刺目，上菜速度慢得吓人。薛婷诧异，很少有人初次见面不想给对方留个好印象，哪有这么逮着一样攻击一样。

"你好像有点愤世嫉俗。"薛婷说。

"是有点。"程明说，用手指撩撩头发。

"挺有个性的样子，不太像做销售的。"

"哼。"

两人低头吃菜，只上了一道芹菜豆干，薛婷拿筷子把粗壮的菜根拨到一边，程明偏拣她碰过的吃。

"你有什么爱好？"程明问她。

"我喜欢看看小说、电影什么的。"

"谁的？"

"三毛,亦舒,还有一些外国作家。电影导演叫不上名字,很多都喜欢。"

"哼。"

薛婷被他哼得胆战心惊,没搞明白,这是表示厌恶还是赞同。程明停了筷,仿佛在等薛婷动手撵走下一根芹菜。好在这时,一碟徐徐送上的蛋黄鸡翅救了他们。

"你呢?"

"我也喜欢看书,运动。我还喜欢喝咖啡,思考。"

"思考什么?"

"很多事情,习惯挖掘到一个深度,所以我跟一般人谈不到一起去。"

薛婷想,但是我也挺一般的。程明专心啃一只鸡翅。

"我最喜欢喝咖啡,"把长在两根骨头之间的肉小心剔出来,程明说,"我喜欢自己买咖啡豆回来磨,我家有很好的咖啡机,每天晚上都做一杯,很香。"

"晚上喝不怕睡不着吗?"

"不会的。我睡眠一向不太好,不会更不好的。"

"哦,我很少喝咖啡。上班时会喝一些茶,也不太喜欢。基本什么都不喝。"

"这可不行,女人一天八杯水,你没听说过吗?"

"听过。"

"你可以来我家尝尝我做的咖啡,你以前一定喝速溶的,速溶咖啡就是垃圾,喜欢喝速溶的人都太没品位了。"

"哦,有机会吧。"薛婷想起有几个周末,闲来无事,她会给爸妈和自己泡三杯速溶咖啡,边吃饼干边喝,作为一周辛苦之后给自己的犒赏。

"你谈过恋爱吗?"程明问。

"嗯,大学里谈过一个。"

程明用讶异的眼神打量她。

薛婷停止咀嚼,迎向他的眼睛,如同等待审判。

"我没谈过。"他说。

"哦。"

"为什么分手?"

"他不是上海人,毕业了回老家去了。"

"外国人?"

"中国人。"

"香港的?"

"不是啊,为什么这么问?"

"北京的?"

薛婷放下筷子,"西安的。"

"肉夹馍?"在薛婷听来,这句话非常不礼貌。

"什么意思?"

"没有,"程明说,终于笑了,带着一种少见的戏谑,"你怎么会喜欢外地人?"

"我们换个话题吧。"

"很多人的恋爱观念太奇怪了。我有个同事,同时谈三个女朋友,为了谈恋爱忙不过来,最后把工作也辞了。"

薛婷没接话。

"不过他家里很有钱,做不做无所谓。养着几个女的,老是给她们买礼物。其实她们也就是把他当长期饭票。我叫他小开,真的有钱,笔记本两万多,手机一万多。"

薛婷也哼了一声。

"我问你个问题,如果有一个像他那样的男的,和我,假设我很穷,让你选一个,你选谁?"

薛婷用纸巾擦擦嘴,"选他。"

程明目露惊恐。

站在拥挤的公交车上,周五晚上十点,末班车把几小时前在各家餐厅排队的人运回家。接着又是狂欢的两天。女孩黏在男友身上,双手环抱他们的腰,腿上裹着牛仔热裤或格子小短裙。手机亮了,是小钱。

"薛婷啊，明天不去了。"

"什么?"报站声响起来。

"明天不去了!你在车上啊，怎么还没回家?"

"为什么不去了?"

"唉!老板不知从哪里听说要一百多一张票，就舍不得了呗!让我想想办法能不能优惠一点，我有什么办法好想啊?不过替他考虑考虑，一下子花掉一千块也是很肉痛的，所以我就说算了，全都不去了。"

薛婷大失所望。

"喂，怎么不说话啊?听到了吗，我再跟阿姨打个电话。"

"听到了。"

"那我挂了。"

"你不是很想去吗?"

"我?哎呀，无所谓啦，不去在家睡觉。"

电话挂断。

突然一个急刹车，一辆从小弄堂窜出来的摩托车擦着玻璃飞过。薛婷没站稳，倒在隔壁乘客身上。还好车挤，倾斜几公分就被人墙堵回来。薛婷道歉，对方说不要紧。司机拉开车窗，朝一溜烟远去的车尾破口大骂。车厢里骚乱起来，好几个人跟着司机飙脏话，把压在喉咙里一整天没使用的三字经放出来透透风。薛婷掌心出汗，吊环打滑，她轻轻放下右手在真丝旗袍上擦了擦。又闻到了人肉的酸味，有点犯恶心，刚刚和程明AA的菜在胃里上下翻滚。需要新鲜空气，薛婷解开领口第一粒扣子。再次启动似乎有些困难，发动机哮喘，上气不接下气。人群安静下来，等司机发功。司机大臂一挥，嘶哑声冲上顶峰，一记痉挛，终于动了起来。好了，好了，声浪欣慰传递。薛婷却在这个时候逆声浪而行，对司机喊，"师傅开门！"

"没到站哪能开门的？搞什么搞。"

"我要吐啦！"

门猛地弹开，薛婷从车上跳下来。一车人遗憾地目送她弯腰弓背，伏在沿街的垃圾筒上，做呕吐状。等车开走了，薛婷直起身，没吐出来，不过空气清新多了。

还有三站，她决定今晚不坐车了，就沐浴着湿润、微烫的晚风，走路回家。

2009年初稿
2022年终稿

大都会

这段时间我的落脚处,是一栋老式公房,一层四户,没有电梯。门是开发商统一装的,铁锈红,很薄,边框被洒上点点白漆。我住的那一层,没有一家把它换了,都日复一日将就着用。这种随意和相似性让我感到安全。门上贴满符咒,一串串数字,方块,椭圆,细长条。基本上是装修,开锁,宽带广告。十几年前,那个我曾经叫妈的女人告诫过我,开锁的可能是小偷。

抄煤气的可能是强盗。老师可能是强奸犯。配偶可能是刽子手。孩子可能是上辈子欠了他，这一世来讨债的。领导很可能是暴君。谦虚的人可能是自卑。猎物也可能是猎人。先给你一点甜头尝尝，接下来就要夺走一切了。

那要看你的目标是什么。如果你是人世间的建筑师，一砖一瓦，靠辛勤努力把生命搭建起来，就会非常失望。刹那间倾颓，倒塌，归零。从有到无。但如果你原本就不相信，没什么固定、保险的人间法则，就无所谓了。砖瓦不一定用来造房子，也可以随便丢在路上，看看，玩玩，或者什么都不做。只有在平地起高台时，砖瓦才是砖瓦。没有任何目的的话，砖瓦什么都不是。

我住在这个房间，已经四个月。签了一年的租约。一年以后，再看我想去哪里，需要去哪里，哪里牵引着我。不到时间，我先不做任何决定。房间朝西南，是小区最靠边的一排，窗外有一条横贯视野的高速公路。路的两旁种满树，不同品种，高矮胖瘦，冬春交替的时候呈现出不同季节。有的还没长出叶子，有的已经膨胀成树海了。车从一端的树海里钻出来，滑向另一端，擦身交错，永不停歇。等我哪天有心情来数一数，到底有多少辆车子经过。

除了卧室、厨卫，这套房子还包含一个不见光的过道厅，很小，放不下一张沙发。过道厅不适合放沙发，就像火车不适合久居。把房子租给我的人在这里留了两只塑料凳，叠在一起，旁边摆一张简陋的餐桌。不是原木的，不然没必要在桌面贴木纹。木纹看起来很假，特别有规律，真正的木头不会长得这么循规蹈矩。

这些天，我就在这个房间度过。外面比里面更危险。我不是那种闲情逸致的人，喜欢散步。以前生活还正常时，也很少散步，除非跟我一起工作的人提议，吃了那么油腻的午饭，应该到人造的那条小河边散散步。它是一条假河，装水的沟渠，夹在我们所在的那两栋大楼之间。河里漂着假花，假草，假灯笼，确保一年四季姹紫嫣红。散步时我们会聊聊私事，她抱怨工作、家庭，我听着。爱抱怨的人有一个共同点，喜欢一个事例一个事例堆叠，本质都差不多，多堆几件，才能重磅地证明自己是正确的。听到第二件，我眼前就模糊了，魂飘走，开始顺着河神游。等她说到最后一件，用手肘撞我，愤慨地问我对不对，再把魂收回来，点点头。

我向来是不抱怨的，没用。要解决问题就得对自己狠一点，手起刀落。不然都只是缓解，腾出地方，来承装更多折磨。

现在没有外力胁迫，我肯定不散步了。在房间里走来走去太没意思。其实我从小偏好技巧性的运动，体操，滑冰，花样游泳。看运动员原地起步，对抗地心引力，精益求精地打磨自身技艺，和周围环境周旋，在空气、水、冰这些自然界的物质中开辟出属于人的疆界，到头来除了自我确认什么都没达到，像陀螺白白旋转，就让我一阵战栗。那是一种至高、虚幻的美。

我比较喜欢坐着，坐几小时，再躺下来。手机在那件事之后摔破了，左下角碎屏，像蛛网那样裂开。但还能用。想想也挺神奇，坚硬的玻璃上会裂出如此优美的圆弧，而不是想象中那么横平竖直。那几个视频网站的号都注销了，新申请了一个，看看老电影。我喜欢看老电影，黑白，或者画面偏黄一点的。以前的人会因为电影里的火车进站，吓得从座位上跳起来，是如今早已绝迹的纯真。还有一些幼稚的影像实验，镜头接一接，被称为蒙太奇。大量歌舞片。我知道鸡鸣狗盗的事过去不比今天少，律法更疏散的时候，到处都有缝隙让荒唐钻进去。但还是喜欢看。欢乐如露水，转瞬即逝，且饮这一秒。

手机号是新买的。去营业厅那天下午，我还在青旅暂住。把上个号退掉，选个新的。电脑上列出一大堆，像一条条蠕虫，僵直地趴着。我一眼看到1024，用了很多年的邮箱、密码、幸运数字都是这个。又翻了翻，假装不在意地再翻回来。如果幸运数字没有给我带来幸运，是不是应该换一个？我指指1025，要它。工作人员是一个侧面很漂亮的女孩，眉毛弯弯，修得特别整齐，眼睛和眉毛之间看不到一丝杂毛。我盯着她，她笑了笑，问我要不要再看看，后面还有很多靓号。我说不了，就这个吧。

对新号码我还是很谨慎的。在一个运营商那里，据说只能办五个号，办一个就少一个。这个年代，手机号就是我们的脸。做了什么丢脸的事，搜一搜都出来了。换号码就像洗脸，把从前沾染的污渍一捧水冲没了。

我犹豫过要不要注册新的微信。没微信也能活，尤其是今年，我给自己设定的唯一目标是中断所有目标，仅仅活着。我坐在营业厅门外的台阶上。这个地段很偏僻，特地选了这一家，不会遇到熟人。新的SIM卡已经换好了，接过烟花炸裂的手机时，坐在柜台后面的小伙子愣了一下，缓慢用手掌托住。我注意到过往的人，好几个手里都端着奶茶。好久好久没喝过奶茶了，至少有一年。奶茶让我想到春天，初夏，一种心无杂念、暖风吹拂的感觉。低落、恐惧、失语的人是没有资格喝奶茶的。杀手会不会喝奶茶？在动手之前，吸一口珍珠。

我也买了一杯。

微信还是注册了，不想和任何人联系，但是有可联系的工具是必要的。我拍了一张窗外的天空做头像。哪里都有天空，不具备唯一性。名字就乱取一个。一时想不到，我站在窗口任思绪漫游，想找找手边有没有现成的字。这个地方家徒四壁，一样印刷品也没有。最后找到一袋开了口的肉松面包，正面写着：葱香火腿肉松卷，背面是几十种添加剂。我随手输入：食用盐。过了一会儿，又把食用两个字删掉，留下盐。

盐登陆中。

盐已上线。

通讯录空无一人。朋友圈没有更新。白茫茫一片真干净。

后来难免要添加房东，我不确定他是不是房东，也许是二房东。凭我目前的经济状况，去中介找房，搭上一个月租金是不可能的。我在网上乱逛，看到他发的照片，阴暗粗糙，没有人味，价格在可承受的范围之内。我的联系人列表里只躺着他一个，名字前面加了个A，每天会发八到十个朋友圈。其中一两条拍一个小女孩，吃饭，走路，穿鲜红的裙子在一只草绿色水桶旁玩水。别的那些快快快急急急的假消息，卖货，养生，配着哈哈哈魔性笑声的搞笑视频都没什么好看的。我看了几天他女儿，感觉还比较真实，但也感慨，这么小的孩子父母就敢把露脸照往网上放。又过了一阵子，女儿的内容越来越少，我就把他屏蔽了。

我们几乎没有交集。看房那天，他出现了一下，带着合同，没问题就直接签了。我用口罩包住自己的脸，头发扎成最朴素的马尾。他拉开橱柜，给我简单交代了电表和水表的位置。承重墙上有一道裂缝，比较严重，沿途的墙皮已经崩开了一些。他指指裂缝，只说了两个字，别抠。他走以后，我把锁芯换了，找的是马路对面支个小摊子的修锁匠。有个摊子在，毕竟可靠一点。还买了一个灯泡，客厅的吊灯不亮，底部发乌，像爆炸过后浓黑的粉尘喷溅在内壁上。十五块，我想了想还是没和他说，把旧灯泡拧下来，存在厨房右下角那只柜子里。后面有被遮蔽起来的下水管，各种型号的螺丝、扳手，和一把看起来很结实，结了许多锈斑的榔头。不知道这样的榔头朝人的颅骨砸下去，会不会砸出一个坑。

会使用小型工具是必须的，会切割，打洞，分辨地线、火线和零线。身边常备劳动手套，用来绝缘。会游泳，开车，攀岩，被扔到海里，山脚，渺无人迹的沙漠，都能活着逃出来。

上个月月底我刚给他转过账，暂时来说我们是两清的。

菜就在小区里买，中心广场葡萄架下面。光头和他老婆两个，把泡沫盒子一只只摊开，露出挂着泥的萝卜、南瓜、上海青。水果堆在另一边。不卖肉。光头跷着二郎腿靠在躺椅上。他老婆四四方方，人有点木，指着二维码让我付款，动作总是慢半拍。钱收到了，手机传出机械的女声，她也要过几秒钟，才抬起头说声嗯。相比之下，光头精明多了。菜卖不完时，他就做人情，送我一把葱，两块姜。隔几天不去，他嗔怪，最近怎么不来啦？我说哎，没胃口，一星期都吃面条。那营养怎么够？多买点鸡蛋吧！我懒得解释我不吃鸡蛋，拿了几把芹菜，一根莴笋。他老婆在他的指挥下给我削莴笋，刀比脑子动得快。光头还骂她，动作快点呀！客人等着呢，死慢死慢的。

有一次她给我送米，骑一辆矮胖胖的助动车，把米运到楼下。楼道里响起噼噼啪啪的脚步声。我贴着门说，就放外面吧。她应了一声，哎。什么动静也没有了。我透过猫眼往外看，她背对着我，像一根壮硕、长方的石柱，站在楼梯口刷手机。还有几次，我下楼前从走廊的窗户往下望，看见她，像一只锈死的螺丝钉焊在不同楼的楼脚,眼睛黏在手里的小屏幕上。光头又骂她,看看看,生意都跑掉了!她不回嘴,静静地收回视线,从葡萄架上扯下一只用作购物袋的垃圾袋,把菜给我装进去。再来啊,光头说。把自己的抖音开公放,跟里面尖啸的男声一起笑。

在房间里待久了,也会无聊。但无聊和其他负面情绪比起来,杀伤力最小。无聊时我靠在窗边,检索高架带对面一栋栋形貌不一的楼。有一片土黄色居民区,式样老旧,楼外竖着血红的巨幅广告牌。还有蓝白相间的,时新一点,密密地冒出几丛,像幻海里的蜃景。灰色大窗口拉着横幅的可能是厂房,底下有一排蓝色石棉瓦顶的矮房子。高速公路墨绿色的路牌,箭头右指,标示着前方两个出口。再往右,目力不可及的地方,似乎有一个形状如同体育场馆的建筑,扁圆,肥阔,然而是半透明的。树海将它遮去一半。几个月来,我一直意识到有个怪东西杵在那里,从没仔细看过它是什么。直到两星期前,进入夏季,空中酝酿出一串雷暴,就在建筑物的上方。

天色是骤然暗下来的,来势汹汹,我正坐在塑料椅上翻一封信。信用卡对账单,不是我的,不知怎么回事错塞在信箱里。撕开薄薄的信封,那个人的姓名、地址和近期行动轨迹就大剌剌暴露在我面前。月初,她把上个月欠的2137.68元还了。买了很多食品，一两件衣服，坐了几十趟公交车，在一个药房消费了几百元药。最大的一笔支出来自一家科技公司，内容不详，金额接近一万。这个月，她又欠下16472.39元。页面下方的广告上印着一只笑容可掬的猫，一旁写着：分期付款。在账单背面我看到最终统计，循环利息59642.87元。我心里一紧。这意味着她偿还的并非全部账目，很可能只是最低还款额。每个月有新的钱哗哗哗流出去，旧的从未被遗忘，还在公正而残酷的积累中。我推开账单，想到这个叫任舒颖的人就离我不远，在隔壁楼里。

气压突然低沉，空气降为灰色，没开灯的过道厅瞎得字迹都涣散了。我抬起头，卧室的窗外吹进一阵阵强风，本来就破了洞的纱窗被吹得一鼓一鼓。天空像被吸干了血，滚滚乌云，云边残留着一丝微弱的亮色。土黄色的居民楼从底片上凸显出来，黄得有股腥气，混同了一种不知来处的墨黑，脏兮兮挺立着。厂房灯全关了，横幅在风暴中哧喇喇摇。天已经重得要压到地面了。就在这时，一声巨响的雷暴在建筑物上空炸开，把我震得往后跳了一跳。

紧接着是磅礴的雨，诡异而畅快，把高速上的车子都浇得少了下来。我关上窗，怔怔地看了一会儿。那个东西好像也在晃动。我掏出手机，对着它的方向拍了几张照片。手机屏幕是室内外最亮的光点。拉大了看，它不是个建筑，是由十几个架子撑起的一张网，网顶弧度起伏，有如山峦，中低部挂着三块牌子，上面有字。我看不太清，又重新拍，标牌在暴雨中朦胧恍惚，被层层叠叠的雨点障壁。轰砸了近一个小时，雨停了，我才辨认出来，那三个字是让人有点摸不着头脑的 ——大都会。

那次之后，只要看天，我就会瞅瞅大都会的方位，琢磨琢磨，它究竟是个什么东西。我的屋外有很多鸟，辞职之前办公室里放着好几本动物图鉴，我没事就翻翻，认识几十种最常见和最罕见的鸟类。经常来的是野鸽子，大名珠颈斑鸠，静悄悄落到窗架上，从体内发出幽深的鸣叫，咕咕咕，咕咕咕。等我探头的时候，它贼亮的小眼睛已经触发警报了，瞬间僵住，嗖一声飞走。有时是麻雀，跌在破旧的雨棚上，小而沉的身子柔软无骨地压出一坨黑影。雨棚原来就裂开了两条缝，相隔不过一掌，麻雀很巧妙地撞击缝的间隙，顿一顿，被弹回空中，振振翅膀，继续晕头转向地扑往它的去处。

夜晚这个鬼地方是很静的，因为远，只有高速路日夜不绝的噪音。我觉得噪音是可视化的，几乎具有形体。高速带上车从没断过，一盘盘轮胎来回碾压，把噪音汇成了一卷灰蒙蒙的带子。颗粒感很重，由无数个细小、浓黑的原子拼缀起来的长带，从头到尾一个音——沙。当我把耳朵沉坠到噪音里去，意识就消弭在始终如一的"沙"里。但是这个体验不太愉快，把自己拔出来感觉很累，我一般就像忽略耳鸣一样，尽量把背景音忽略。

偶尔也会有别的杂音，来自墙壁那一边。503住着一个声线肥壮的女人，我是从她的笑声判断的。周一到周五她不笑，仿佛自由时间太短了，不够她笑。到了周六晚上，她才大大方方、平平展展地释放出她的笑。原始，雄浑，被欢快浸透。我一方面很困惑，人怎么能像复印机，每星期拷贝粘贴，复制出音量、转折一模一样的大笑，像一次次从身体里抽出闪电，击穿砖石劈入我的耳道。但同时，也为她感到高兴。人为什么活着？如果一墙之隔的那间小屋子里，有个人，为日常生活中的小事笑到灵魂出窍，还是值得庆幸的。起码欢乐存在过。

但从晚饭过后，笑到第二天凌晨五点就有点过分了。

我开始在周末夜晚失眠。

也是不久之前，天热得很，我记得身上穿的是以前很喜欢的一件鼠灰色短袖。怀疑是残次品，领口不太对称，一条边长一条边短地组成了一个V领。洗的次数多了，越来越软，贴在手臂上就像要融入我自己的皮肤。逃出来那天没法带太多东西，我胡乱抓的那叠衣物里面，就有这一件。我套着它，走在小区中央穿过车棚的那条小路上。一双微跛的腿进入我的视野。一个女人在前面一高一低迈步，比平常人踉跄，但是步速很快。我不着急，跟在她身后，默默地回到我那幢楼。没想到她也上了楼，同一层，打开503的门。她转身朝我斜了斜嘴角，我点点头，发现她的长相像印度人。

有点意思，城市大了，形形色色的人都来驻足、谋生。一个印度人，在郊区边角犄角旮旯的旧小区里做什么呢？她靠什么生活，收入如何，被什么推动着、刺挠着发出贯彻漫漫长夜的笑？这个小区里几十幢楼，像她这样的异类有多少？怎么定义异类？我算不算异类？问题无穷无尽。火柴匣一样的房子，每一间都藏着秘密。

后来我没再见到她，她以声音和闪电的形式存在于我床头板的背面。不过，因为她的缘故，我决定把那张寄错的信用卡对账单还给任舒颖。手边没有胶水，我从橱柜里找来一卷快用完的封箱带，剪下一截，贴上，再小心地把印在上端的指纹剪掉。取出很久不用的笔，在纸巾上划，颜色渐渐清晰以后，于破损处留下字迹：寄错，误拆。挑了一个闷热的中午，投入她的邮箱。

当天傍晚，我在光头摊子上买到了白嫩嫩的新鲜莲藕，解冻了几块小排，放一起炖汤喝。刚盛出来，手机响了。收到一条奇怪的通知：你的同事程亦然在企业微信群中与你聊天，并邀请你加入四海涟漪生物医药有限公司，当前已有多位同事加入。我立刻紧张起来。那件事前后，有一两年的时间我天天处在纯生理性的紧张状态，身体和头脑紧绷，手心常常捏成一团。之后难得有几次喝鸡汤，我都会留意鸡爪子是缩着的，还是自然舒展。我相信心手相连，一个人活得好不好，从手脚是否安稳就能看出来。和极端时期相比，我已经复原很多了，但那种恐惧感的阴霾还是难以驱散。

我不认识什么程亦然，也从未在医药公司就职。如果它是某种试探性的陷阱，说明新号码刚开始用，就已经泄露出去了。名字叫食用盐，盐，缩得多短多模糊都没用，他们知道你是谁。但通知是从官方界面发出的，不像个人行为。我让自己先别乱想，问题可能只是出在手机号上。它不是簇新的，还残留着前主人的遗迹。出于种种原因，那个人也把上一段历史注销了，人间蒸发，同事们开始找他。

那天我略过这则消息，没加入，也没删除。从此以后，程亦然把我当作旧冤魂的替身，在虚拟世界苦苦追索。到昨天为止，又收到另外四条通知，每一条都更为急迫：你的同事程亦然在企业微信群中与你聊天，并邀请你加入四海涟漪生物医药有限公司，当前已有三位同事加入。而后，三变成四，四变成五。朱玲，龚淼，董一驰纷纷发来邀请。好奇心差一点就要将我捕获，如果我像从前一样轻信——但不再会了，因为我以血泪记得，猎物也可能是猎人。

被追逐的感觉并不好，哪怕对方在明，你在暗。

我点燃蚊香，倚在窗台边，放眼望向这个光怪陆离的世界。云层堆积成一块厚厚的琥珀，有晶莹的光流动其间，穿梭、轻咬着还未形成旋涡的龙卷风。杨树最直最高，种它是速成的，灌木矮而壮，长一千年也离不了地表太远。大都会如在天边，被夕阳照拂着，收集了最多橙光，好像每一个日子都是从它的上空被磨灭掉意志，渐趋消散，走向死亡的。现在的我，被压缩进水泥房屋中的一小格，和以前那个飞扬跋扈、虚荣心无边泛滥的人不一样了。那时我的确自满过，以为眼前这个肉眼所见的现实是一把梯子，会平顺无碍地通往未来。那些我不想见的人，侵犯和损害我的，都可以轻易剔除。而信任会永远持续。没想到一切翻转，地球是圆的，黑白转了个面成为彼此。

也许是高尔夫球场——

看着大都会,我突然冒出这个念头。郊区很多荒地,开发成高尔夫球场是可以理解的。城乡结合部一向是尴尬的所在,住着在中心地带买不起房子的贫民,棚户区拆迁户,外来务工人员,退休后用繁华之处的蜗居置换过来的老年人。与此同时,一回头,相隔几百米的别墅里全是富人。他们车进车出,把孩子送入国际学校,周末骑骑马,打打高尔夫。不像我们小区门外,最近的公交车站徒步十五分钟,预先算好时间,错过这一班,运气差起来要等上一小时。

高尔夫球场封一张大网也比较合理。因为离得太远,看起来不算高,但平移视线,它的高度其实超过了周边的楼房。假设层高三米,六楼就是十八米,十楼三十米。那么大都会大概二三十米。一颗小小的高尔夫球能被击到多高多远?是三十米的网罩可以兜住的吗?鸟飞多高呢?它会不会是个鸟类培育基地?

我只见过枝头的鸟,林间的鸟,标本的鸟,镜头中的鸟,从没思考过鸟是怎么被培育出来的。鸟是卵生动物,理应下蛋,在树窝子里蹲着,用自身温热让后代破壳而出。人工想培育的话,也许要模拟生态环境,调控室内温度和湿度,诱惑鸟交配。或者激进一点,跃升到高科技领域,培育出机械鸟、仿生鸟、虚拟鸟、全息鸟、基因工程鸟、完美无缺鸟，再用现实中的大网猛地把它们擒住。

做这种无谓的猜测，是我不喜欢的。我更尊重事实。想知道是什么，放下猜忌，实地去看一看就明确了。然而天色已晚，为一件无关紧要的事跨出小区在外面徘徊闲逛，对我来说过于奢侈。虽然相较于白天，昏暝光线是人最好的保护伞。

今夜我睡得早，前几天入伏了，开电扇不够，要把那台发黄的空调彻夜开着。它太老了，冷气不足，过一段时间我就想用手试试出风口，看到底有没有风。躺在微温的草席上，入睡倒很快，潮湿的空气像一层富有弹性的壳，轻轻柔柔将我围裹。蚊香飘散出一股辛辣的药香，仿若天然，又似是人工。这种睡眠总是很像昏迷，我被一团黑暗缠绕进去，很难逃离。上次沉入同样的睡眠，醒来是上午十一点了。睡了十二个小时，神志仍有一种在异空间奔波劳动，没有休息好的滞重感。今天也类似，但是凌晨一点，我被一阵大笑吵醒。

想起来，又到了周六。

印度女人在隔壁狂野大笑，说着听不清是英文还是中文的话。似乎有人和她对话。唇齿间吐露出的句子被挡在门外，只有笑声、咳嗽、咒骂传了过来。咒骂不是今天，也不一定是她，伴随着披肝沥胆的号哭闪现过几分钟，就悄无声息了。现在她用笑的钩子钩我，我一浸入睡眠，钩子就甩过来把我狠狠拔起。我忍不住拍了几下墙，没反应，手拍肿了。屏息片刻，我跳进厨房把不锈钢锅盖拿过来，朝墙上砸。

笑声停顿下来。我手握锅盖，靠在床头板上等。

夜晚是对世俗生活的逃遁，我从小就是这样认为的。逃离父母、师长、学校、工作、恋人、子女，甚至欲望、爱好、娱乐，一切在天平两端危险摇动一不平衡就可能成为牢狱的东西。可以赤身裸体，逃离衣服。什么都不想，逃离思想。脑袋空空，逃离记忆。两眼发直，逃离时间。在梦中驰骋，逃离空间。用意念杀人，逃离道德。唯独逃不掉的，是那个自以为在追逐自由和希望的，逃跑中的自己。

后半夜我睡不着了，心里乱乱的，准备看几个电影打发。印象里有一部很老的片子，中文译名就叫作《大都会》。我把它搜出来，是部默片，德国拍的，足足两个半小时。1927年，那时候的人还困在对科技和未来的恐惧之中。片尾出现这样一句话：脑和手的协调者一定是心。我思考了一下这三者之间的关系。在电影里，脑是资本家，手是工人，心是资本家的儿子。我忍不住笑了。电影真是单纯的艺术，单纯的善，单纯的恶，善与恶的转化与衔接也如此单纯。而现实是这样的：你以为自己是脑，结果被当成了手，还没有遇见心。

早上五点，印度女人准时收起笑声。窗帘外面曙色熹微。又有一只野鸽子站在空调外机箱上，腹语咕咕。我用窗帘遮住脸，偷看它，它警觉地踏了一脚箱体，飞走了。一个烟灰色的清晨。高速公路上车辆照常流动，黑色轿车，蓝色出租，红色卡车，偶尔有一辆救援车驮着银光闪闪的坏车开过。我闲得无聊，真的数了数一分钟里飞过去多少辆车，八十八。又数了一次，八十四。

我打开厨房的灯。拿出昨晚吃剩下的苦瓜虾米，加点水，丢一把米线一起煮。炉灶很旧了，转动灶台上的旋钮已经无法自行点燃，每次都要用点火枪打出几颗火星，再轰一下燃起来。整个过程像射击，也像纵火。我举起点火枪，瞄准炉架，扣动扳机——

轰！

等米线煮软的过程中，我在想大都会，造那个建筑的人还挺会取名字的。竖立在高速公路旁迎来送往，一抬头，如同驶入一句谶语，温柔地鼓励你也警告你，即将被吞进大怪兽的肚子里了。肯定和电影没关系。在这个位置、高度，两座城市边缘的交汇处，只是需要这样一个标识,浮荡着庞大与奢靡的气象,闯入来往者眼中。可以是大时代、新世纪、巨齿鲨、擎天柱,或者它现在选用的——大都会。

六点半,光头的摊子已经架起来。他老婆蹲在地上,埋头整理泡沫盒子里的菜。光头不知去向。空荡荡的中心广场只有她一团污糟糟的人。旧到褪色的黄褐色上衣,黑裤子,胸前挂一条围裙。皮肤和上衣一样黄。三位老太太在健身区域晨练,人手一把太极剑,排成一个松散的三角形,后两把剑犹犹豫豫听从第一把的号令。我上前拍了拍光头的老婆,问她,你的电动车还在吗?她直起身子,目光中说不清是迟钝还是困惑,朝花坛努努嘴。车就停在那里,被暗火般兀自燃烧的红叶石楠遮挡着。借我用一下行吗?半小时就还给你。她仿佛被输入指令,想都没想,摸出车钥匙递给我。

跨上车,我觉得自己被坐垫和风撑开了,像一只灰翼的蝙蝠,沉甸甸而轻巧巧地驶出了小区。这车很宽,平时看光头骑,随随便便把屁股搭在坐垫上,双脚悬空。他老婆比较凝重,把车骑成一坨和身体连在一起的铁皮。我比他们都小心,一步步调整坐姿,加快速度。出门是一条小河沟,水脏绿脏绿的,泛着油斑。街上雾气蒙蒙。行人很少,一大清早爬起来,走在路和雾的连接处。我

表演者

刚想拐弯，沿高架底下那条灰扑扑的马路，一直骑往大都会的方向。却发觉非机动车道消失了，一辆重型卡车擦着我飞过去。

我急刹车，把自己搬回正道上。

下一个路口可以右转。带着一种巡查的心情，我开过商场，民房，4S店。郊区的商场笨拙豪阔，地皮不值钱，楼房横过来，像积木一块块铺开。4S店门口飘着一排小旗，巨大的汽车logo在风中招展。不远处就是沙县小吃，安徽土菜，串串香。一小段路面凹陷进去，拉上防护栏，停着一辆挖掘车。墙上一个久违的"拆"字，用久违的圆圈圈起来。两个男人聚在路边观看，交谈。大约两公里后，建筑风格越变越森严，房屋颜色加深，拉着窗帘，从外表无法看出做什么用途。外面加盖了围墙，栏杆，层层保护。向里张望，深棕色的墙壁一片肃穆。也许是机关办公室，我想。

又骑出五六十米，我才反应过来，被牢牢包裹的这片区域就是大都会。

围墙顶端排列着尖利的长矛，防盗。标牌挂在门边。应该就是个高尔夫球场，但从我站立的位置，看不出一点端倪。没有网，没有山峦起伏，没有体育场馆一般壮阔的建筑，没有被收集起来的阳光，没有鸟，没有球。

只有墙。

我缩起脖子，回到车上。

返程的路途，天光渐亮，行人还是没有从雾气中挣脱出来。车胎周而复始压过灰色路面。我心中升起一个奇怪的问题，为什么路是灰的？因为灰色覆盖在灰色之上，就不容易发现肮脏？

进小区时，门卫从保安室探出头来，把我拦住。我说我就住这小区。他拿出一块纸板，吊着一支破烂的圆珠笔，让我登记一下。我停下车，单脚撑地，靠在保安室门外的快递桌上，一笔一划写下了任舒颖三个字。

把车还给光头老婆，正好半小时。她在往水果箱子里喷水。伸手一指，叫我放回原处。我第一次看见她露出不明显的笑容，让那张木讷的脸灵动了几分。我松开手，听见钥匙掉落进她掌心的声音。从哪一天起，我开始羡慕这样的人，在混沌的生活中，还能拥有没有被摧毁过的，信任的纯真。

2022年

三年级

进办公室时,我排在队伍的第五个。一二三四五,我特地数了数。一共九个人,从前往后,从后往前,我都是最中间的那个。用很多年后的话说,我站在C位。但那时我小学三年级,这个短语还没有被发明出来。我只知道,我位列正中,是最荣耀的位置。

我习惯了这个位置。学校举行合唱比赛,五月歌会,我也站中间一个。更确切地说,我是指挥。音乐老师让我做指挥的原因不太光彩——我五音不全,夹在方阵里唱歌会有一个毛拉拉的声音刺出来。如果这个声音属于耿琪、吴泳刚，或任何一个年级里有名的皮大王，他们都会被揪着领子拉出去，骂一顿，丢在边上晾着。他们会笑笑缓解尴尬，做个鬼脸，挖一团鼻屎捏在手里玩，下课以后怪声怪气一边踢教室门，一边学女同学尖着嗓子唱《春天在哪里》。功课不好，连歌也唱不好，一天天的就知道盐书。在上海话里，盐书和现世谐音，专门嘲讽那些读不好书的大笨蛋。然而我不是。

我是三好学生，雏鹰少年，整个区里只选十个。奖状贴在班级墙壁上，整整一学年，然后恋恋不舍剥下来，沾着墙皮，让我带回家。每位任课老师第一次走进教室，都会在奖状墙前驻足，目光浏览过全班最出色的几个名字，C位的是我。奖状中央的徽章实在是太耀眼了，红红黄黄，闪着金光，老师会问，卢海姗是谁？我在五十四双眼睛的注视下不卑不亢站起来。我是二年级下半学期学会不卑不亢的，需要站起来的次数太多了。一年级时我还犹豫，迟疑，不太好意思。二年级过了一半，我老练了。老师明知故问，评到三好学生的就是你啊？我先不回答。空气变得有一些黏稠，我的好朋友，张俊和段萍萍会帮我喊，对！张俊还激动地讲，她也是大队长！语文课代表！升旗仪式主持人！我嗯了一声，左臂的三条杠适时从袖子后面露出来,热烈鲜红。老师点点头,很好,坐下吧。

所有老师都认识了我。音乐老师姓朱,烫一个爆炸头,很少在奖状墙前流连。他们这些副课老师并不太在意成绩最棒的孩子是谁。但我的名字也传到了她耳朵里,可能通过升旗仪式,话筒,连通全校的大喇叭。有一次她在走廊里撞见我,把我拉住,问我毛衣上的紫葡萄是谁织的。我说是我妈妈。她说,你妈妈手艺真不错呀,有其女必有其母。我觉得哪里不对。还有一次她夸奖我,卢海姗好可爱啊,两颗大门牙,像只小白兔。从此我的外号就叫兔子。

真是不幸,那把毛拉拉的嗓音属于我。朱老师思考了几分钟应该怎么处理。揪着领子把我拉出队伍是不现实的,没有一个老师敢对我这么做。而比赛又很重要,一年一度,校长和教导主任都会在第一排坐着。虽然大家选唱的歌曲就那么几首,《让我们荡起双桨》《种太阳》《海鸥》《大海啊故乡》,但总有一首会因为"歌词生动,旋律悠扬,表现出少年儿童活泼、蓬勃的精神面貌"而胜出。朱老师希望胜出的是她,因此必须把瑕疵品剔除出去,用一个不伤害我的方法。她握紧拳头,在阶梯教室踱来踱去,眼睛瞟了瞟高高低低五十五个头颅。最后一拍手掌,这样吧,卢海姗来做指挥,大家看着她的手势唱歌。小白兔,家里有漂亮一点的连衣裙吗?

别的同学已经安排好了服装,白衬衫,黑皮鞋,男生黑色长裤,女生红背带裙。我也常年备有这么一套,不用动脑,一有活动就穿这个。其他裙子,我得想想。我想起三年级下半学期,刚刚开春,妈妈带我去儿童商店买电子手表,我看中一条腰里扎红带子的蓬蓬公主裙。妈妈不肯买。你正在长发头里,她说,现在买了,明年就穿不下了。我很不高兴,盯着头有点磨白的漆皮小皮鞋,赖在儿童商店不走。哟哟哟,妈妈说,老面皮,被你的同学看到像什么样子。我还不走。她受不了了,就羞辱我,这是小小人穿的,你快读四年级了,又高又胖,再穿这个,就像一只狗熊塞到蜂蜜罐子里。

我非常生气,她是唯一一个敢说我坏话的大人。我涨红脸,在原地又赖了一会儿,把鞋尖在地砖上磨了又磨,想磨坏了就敲诈她再买一双。但一下子磨不坏。没有办法,鉴于我还没有长大,不具备和她抗衡的实力,只好收起脾气,乖乖拖在屁股后头跟她回家。君子报仇,十年不晚,那天晚上,我在日记本里狠狠写下这句话。

要是当初买了裙子,当指挥时我就能穿着上台。裙身是粉红色的,缀蓬蓬纱,腰带细细环绕一圈,在背后打个小结。指挥正好背对观众,天时地利,蝴蝶结在双臂的挥舞之下飞入观众眼帘。真可惜啊,我哀叹。后来妈妈也这样忏悔。她请了半天假,来看我们的演出,五十四位同学齐声高唱《种太阳》,我在最前,一伸右手,一颗送给南极,一抬左手,一颗送给北冰洋。身上是比我大两岁的敏敏姐姐穿不下的白底彩点连衣裙,被舞台灯光一打,旧得发毛。

我们还是得了第一名。朱老师高兴极了,牵着我上台领奖。我松开她的手,熟练地鞠躬、敬礼,把话筒从支架上拔下来,一甩电线,感谢各位领导、老师、评委的厚爱。下台后,笑容始终黏在朱老师脸上,扯也扯不掉。吴泳刚蹭过来,用他的脏手摸奖杯,她也不生气。小白兔,你真是一个小人精!朱老师捏捏我的脸。上次那条公主裙蛮好帮你买下来,回家路上,妈妈说,在一些场合穿。我们走在人行道上,旁边是化工厂,五年后一次毒气爆炸让我爸爸的朋友柳叔叔失去双腿。我蹦上花坛边边,骄傲地想,妈妈终于认识到了,她女儿是会出席场合的那种人。我跳下来,又弹回去,放纵嘴巴胡言乱语:妈妈,你看呀!我现在还没有你高。等我长大了,就和你一样高。等我再长大,就比你高了!到时候,我就要搀着你了。搀不动,你就要死了!

妈妈没说什么。想到妈妈有一天会死，我翻出日记本，找到不久之前写下的"君子报仇，十年不晚"，划了一根长长的删除线，穿过那句话的肚皮。

队伍往前挪了挪，小小办公室，一次走进九个人就非常拥挤。张俊被人推搡，往前跌了一小跤，戳在我脊梁骨上，我回头瞪他一眼。张俊对我又崇拜又害怕，叫一声小兔子，测试我什么反应。我不理他。我手下有四五个跟班，张俊和段萍萍是最忠诚的。每天中午回家吃饭，他们都飞快把饭干掉，不顾微微作痛的盲肠，跑到我家等我。做半小时作业，主要是抄我答案，然后一起回校。段萍萍的爸爸做水产生意，隔三差五拎个塑料袋，装一些小海鲜给我妈妈，算是对我的进贡。张俊就差得远了，他爸妈都在外地，他跟奶奶生活，那个老太婆在我们这一带有名的抠门，一分钱掰成两半花。张俊没有任何东西进贡给我，就练习了满嘴好听话，小兔子最厉害了！小兔子又得一百分！我最喜欢小兔子！哪天我心情不好，突然问他：谁允许你叫我绰号？这是我摸索出的技巧，吓唬别人不用大声，只要压低下巴，阴沉着脸，幽幽抛出你的质问——张俊被吓得战战兢兢，那几天都尊称我大名卢海姗。

走开，走开，汤主任从队伍末尾挤进来。她胖胖的，像只肉圆，脸庞周围烫了黑人妇女那样贴着头皮的小圈圈。明明是副教导主任，老师们却恭恭敬敬喊她汤主任。我们私下叫她汤婆子。还有一位正教导主任，看起来相当老实，什么事情都不会抢先说话，稳稳的像座大山。他们叫她王主任，别名王老虎。一正一副，两个都是主任，奇了怪哉。她们一位教语文，一位教数学，都只带四、五年级。这天是星期五，下午排了两节最轻松的课，音乐和班会。上课铃打过两遍，朱老师没有像往常那样脚踩高跟鞋，踏着滴滴笃笃的小碎步进来。五分钟过去了，班里乱得，炸开一锅爆米花。耿琪和坐他边上的男生扭成一团，分不清是庆祝还是打架。吴泳刚扔黑板擦，我觉得又好笑，又随时准备着站起来以大队委员的身份对他们训话。

一只手推开教室门，是汤主任。接着涌进了她的肚子，足尖，气鼓鼓的肉圆脸。撒什么野! 发什么疯! 两个短促有力的句子像两把尖刀，把全班扎在那个瞬间。所有人都不发声了。耿琪窝在同桌怀里，不敢乱动。吴泳刚捏着黑板擦，满手雪花。我半蹲半站，还没来得及管秩序，像只突兀的钢钉戳在砂石表面。

没坐在自己座位上的，全跟我到办公室来!

我们慢慢挪动，像一群羊，被赶进教导主任室。那个房间不大，两张座位，分别属于汤婆子和王老虎。平时只有高年级学生可以出入，还有校长。我现身其中，情绪十分复杂。一方面肃然起敬，似乎一不小心，闯入了学校首脑们聚集的核心区域。一方面被冤枉了，和这群调皮鬼大笨蛋留级生混在一起。他们都低着头，差生早就形成了条件反射，老师没说什么，脑袋已经像枯萎的花垂得低低的。而我偏不。我是三好学生，雏鹰少年，就要像鹰一样展翅飞翔在——

　　你，第五个，你干什么?

　　汤婆子说话了。

　　没人回答。

　　扎马尾辫的，说你! 破坏课堂纪律脸上还笑嘻嘻的?

　　汤婆子伸出一根手指，指尖冲我。

　　我对这个动作太陌生了，在这个世界上，没有一根指头这样对待过我。我傻了，感到四周凉风飕飕，八九双眼睛聚焦在我身上，烧得脸疼。眼泪一下子翻滚出来，掉在脚边。这是我上小学三年以来第一次落下泪珠。

　　哭哭哭，碰哭精。老师说错你了吗?

　　我继续哭，余光瞄到张俊。他没有像老师表扬我时主动叫起来，卢海姗是大队长! 语文课代表! 升旗仪式主持人！反而站得比刚才离我远一点。泪眼朦胧中，我环顾左右，发现不知在什么时候，我像一粒小水珠，被排斥出了另外八个人组成的水潭。他们缓缓流动到办公室另一端，把我独自暴露在汤婆子的淫威之中。

躲到角落里去干什么？回来！

汤婆子调转枪头，手臂划一个圆弧，把他们捉回来。

张俊和其他人哆哆嗦嗦，提着肩膀，身体缩得只有平日里一半大，返回我身边。汤婆子挨个骂，把他们脸都骂皱了。训着训着她累了，绕到桌旁，拿起大玻璃罐往喉咙里灌浓茶。我瞅准时机，收起眼泪，轻轻举起手来。

干什么，第五个？

我吸吸鼻子，委屈地说，汤主任，我是三年五班的大队长。刚刚我站起来，不是破坏课堂纪律，是想维持纪律，叫大家回到自己的座位上。

哦，所以是老师错怪你了咯？！

我听不出这句话是什么意思。汤婆子希望我说是，还是不是？我闷着头没回答。汤婆子放下玻璃罐，在油黄油黄的办公桌上磕了一下，让我过去。我小步走，停在桌前，平视着她。她穿着一件紫酱红拉链衫，和很多老师一样，戴一副防止袖口变脏的黑色袖套。袖套迅速抬起来，逼近我的左臂，我不自觉地往后退让，汤婆子一把抓住我的大队长标志，抚了抚。

既然你是大队长，朱老师没来上课，你就应该在第一时间报告班主任，同时管理好班级纪律，承担起作为学生干部应负的责任，你说对吗？

对。

汤婆子问，你叫什么名字？

卢海姗。

原来你就是卢海姗？汤婆子歪歪脖子，三年级小学霸。你的作文《小树死了》传到我手里了，你们语文老师把你夸上天，我看了，确实写得好。我给四三班、四四班的同学都念过了，让他们学习学习。

我抿抿嘴唇，不敢笑。

汤婆子换上一种明朗的表情，和气地说，是老师错怪你了。带上同学们，回教室吧。确保每一个人都坐在自己的座位上，不许站起来，不许说话。这节课就自修，你坐在讲台上，看好他们。

好的，我点点头。

去吧！汤婆子拍拍我肩。

我真喜欢老师们这句去吧。像一颗小石头，用阳光灿烂即将出发的语气，被弹弓弹出。球在球门前等待命中，雨在天幕上等待滴落，船在港口里等待启航。去吧！

表演者

短短两个字，包含了老师们对我最深厚的信任和期冀。

我率领双翼，一边四个，虎虎生风走回教室。

感觉又夺回了失落的光环。

唯一的变化是，张俊不可以再来我家等我了。

我剥夺他喊我小兔子的权利，永远。

第二节是班会课，班主任抱着一沓粉红色纸票进来。每个班都打开喇叭，听一刻钟学校广播，然后自行安排，由班主任总结学生们一周的表现。我双手背在身后，端端正正坐着，猜想这纸票是做什么用的。班主任把它堆在讲台右上角，粉粉地鼓起一个小包，像一只厚皮小象。大多数同学都和我一样按捺不住了，轻声讨论，是不是要去少年宫玩。

没想到不是少年宫，是少科站。班主任说这个周六，也就是明天，少科站将组织"小小科学家"科普游艺活动，面向全区小学生敞开。轮到我们学校是下午两点到四点。届时会有一系列新奇有趣的科学实验、装置、游戏，寓教于乐。每位同学分到十张体验券，每参加一个项目花费一张。要是通关，还能赢取更多奖券，最后集齐了去换毛巾牙膏。最大的奖品是一台小霸王学习机，全区只有一个名额。说得我们热血沸腾，期盼明天快快来到。

少科站我们之前都去过,就在离学校不远两条大马路的交汇处。那里面是个神秘的所在,能玩到一些日常生活中很难出现的刺激项目。比如游龙戏电。为了介绍"电"这个物理学名词,他们拿来一捆粗粗的铁丝,七拐八弯,折成一条飞舞的龙。发给参与者一枚铁环,举在手里,紧贴着龙的皮肤行走。手不慎一抖,触到铁丝,另一头的灯泡就亮起来,蜂鸣声大作。要玩好这个游戏太不容易了,得具备大智慧——既懂得在横平竖直时勇猛发力,一路前行,也懂得在狭小弯折处稍作停留,静静等候。

但小巴拉子哪里管得了这么多?才小学三年级,连一旁标签上旨在教育我们,辛辛苦苦标注出来的电流、电荷、电场、导体……究竟是什么都没耐心读完。我们只关心谁能抵达终点,屏住呼吸,死死盯住铁环和参与者的手腕。碰了,没碰,没碰,碰了!触到铁丝时,我们都吱哇乱叫起来,叫声中夹杂着喜悦和失望。喜悦是因为目睹了别人的失败。失望,我们不明白自己为什么失望。也许是因为,大人们把电说得那么厉害,但已经看了半小时了,为什么还没人触电,爆发一两桩流血事件?

真没劲啊。

我们偷偷想。

表演者

还有一样好玩的东西就是鱼洗。它被做得像个出土文物，青铜器，从古代穿越过来，降落在少科站二楼一个破破烂烂的房间里。一开始大家都没兴趣，只想往声光电里钻，直到老师把一两个探头探脑的学生拨开，说排队排队，一次只能体验一位，才激发出我们想将自己的双手攀上那两只耳朵的好奇心。把手掌按入水中，掌心沾水，取出来搁在手柄上，来回摩擦。手柄顿时变成了两个有魔力的灵体，挠我们痒痒，不由分说地用它的小爪子拉住我们。体验的人惊叹，好神奇呀！水溅出来啦！盆中嗡嗡轰鸣，迸射出几十条微细的喷泉。每一条顶端都托出一粒水珠，跟电视里果珍广告的水珠一样浑圆。盆底镌刻四条游鱼，此时仿佛活了过来，开闭双唇，吞吐水泡。排队的同学等不及了，满心满眼乒铃乓啷跳舞的水花和狮子老虎飞龙的低吼。嗡——只要手掌不停，低吼就一直持续，里面蕴含着一种金属的锐利和猛兽的警告。好像在说，你猜，我敢不敢出来吃了你？

我相信，这种低吼来自地底。好多年后，我和别的高中生一样看了第一部《哈利·波特》，为魔法世界折服。但早在三年级，我已经听到了发自另一个世界的吼声。它看不见摸不着，却与更深层的根系相连。回家以后，我想复制出那种声音，有一天洗脚时，把双脚拎出水面，摩擦我的天蓝色塑料洗脚盆。水溅了一地。每一摊水里都富含暗黑能量,每一摊水里都钻出怪物。

寻死啊,妈妈说。

那个周五,我们对第二天能再去少科站兴奋无比。真的是意外之喜,本以为周末回家只有作业,无聊,玩腻了的呼啦圈和溜溜球,想不到还有少科站。我们都坐得笔笔直,凸显自己的乖巧,希望班主任快点把体验券发下来。班主任拿起了体验券,移动半步,手一松,又掉到了讲台上。

对了,忘记还有一件事,她说。

明天下午三点钟,学校组织大扫除,自愿报名。有没有同学要来参加?

我们迟疑了。心里默默计算,少科站活动两点开始,大扫除三点,如果参加,玩不了多久就要往学校赶,多扫兴。

这是自愿报名的,班主任重申,愿意过来的举手。

我们的手被一股磁力吸住,深深地藏在背后不肯出来。自愿两个字赋予这件事正当性。时间一分一秒过去,我们眨动眼睛,祈祷它流速更快一点,让美德与欲望的交战不再咬噬我们。终于,有四五个人举起手来,其中一个竟然是吴泳刚。

班主任也有些错愕，吴泳刚？说说你为什么报名。

吴泳刚站起来，习惯性地挠挠头，我……我想，大家都去少科站玩，就没人打扫卫生了。反正我也不太喜欢少科站那些东西……

我们哄笑。

吴泳刚也笑，那我就来打扫卫生吧。

全班安静。那是一种透露着愉快的安静。双方都觉得自己像一颗螺丝钉，被旋进了适当的孔洞，各归其位，各司其职。班主任将会表扬吴泳刚和另外几位具有牺牲精神的同学，分配任务，而我们这些贪玩的小懒虫就可以心安理得、轻轻松松地在少科站撒野。

结局是我们没料到的。

班主任一拍讲台，厉色道，所有班干部都给我站起来！

我们僵坐着，反应不过来。

站起来！

一位大队长，五位中队长，四位小队长，齐刷刷树立起十根蜡烛。没有一个是主动报名参加大扫除的。班主任点名学习委员涂文静，你说说，班干部的作用是什么？

涂文静是个女孩，小学究，看过无数本书。做事特别顶真，喜欢揪别人随口之言里的小辫子。任课老师抛出一个问题，石沉大海，她总是那个把答案捞出来的人。大多数同学都谈不上喜欢她，但佩服她，因为她知识渊博。我和她之间的紧张关系以后再说。先说说这一次，她是这样回答的：班干部，由一个班的全体学生以无记名投票的方式选举出来，作用是协助班主任管理好班级。

班主任冷笑一声，说得倒是好听，你们做到了吗？

我们蒙蒙的。

班主任停顿了几秒，把我们悬置在自我批判的疑云里。然后说，一个合格的班干部，应该时刻起到模范带头作用，做同学们的榜样。而不是怕苦怕累，遇到好事却首先想到自己。你们刚才的行为就是这样，是很丑陋的。把你们的队长标志拿下来吧！

从没发生过这样的事。班主任曾经没收过我们的铅笔盒，零食，压在大腿上偷偷看的漫画书，这些都不算什么。但标志是队长身份的象征，没收标志，如同把我们从神坛上驱赶下来，解除魔法。我们面色苍白。

快点，把标志拿下来！卢海姗，从你开始！

短短一天，我再一次尝到了眼泪的咸味。把标志上的小别针解开。一早一晚都要进行戴上取下的仪式，我早已训练出单手操作的技能。袖子被戳出两个固定的小洞，没有标志了，小洞格外刺眼。我托着滚烫的三条杠，慢慢走，将它滑向讲台。别的班干部也照做了。

班主任宣布，十位班干部留堂，闭门思过，四点半才准回家，明天三点到校参加大扫除。其余同学一点三刻在少科站门外集合，每人发放十张体验券，包括吴泳刚在内的五位志愿者额外奖励十张，各拿到二十张。

四点半，放学了，我不想回家。

周五是妈妈上晚班的日子，很多忙碌了一星期的大人会呼朋引伴到她们餐厅喝一顿小老酒。点上大厨阿愣师傅最拿手的几道菜，鱼香肉丝、宫保鸡丁、红烧甩水、咕咾肉，没钱的就叫一份素什锦，两三个人小酌。后来发展出新的菜式，清炒虾仁、响油鳝糊，还有冷菜间的佳玲阿姨两个指头撕出来的蟹柳。这天我一个人吃晚饭，妈妈离开前在电饭煲里把饭煮上，压一个菜碗，盛着中午没吃光的剩菜。我通常先把插头拔掉，手里垫一块抹布把菜碗拿出来，米饭散发香味，中间被扣出一个圆圈。我打开日光灯，一边独自吃饭，一边看《365夜笑话》。

爸爸很少在家。

就算回来，他也不和我吃一样的。他把米饭用开水泡上，拉开碗橱，夹出几根盐渍香椿，呼噜呼噜吞一大碗。吞完看一会儿电视，又到隔壁打麻将去了。我做作业，写日记，自己烧水洗脚，冬天把汤婆子冲好捂在被子里，等妈妈下班。

但是这个星期五，接连经历了两个打击，我的胸口像蒙了一团乌云。一种从来没有体会过的感觉包围了我。长大之后，我常常和它相处，拉扯，搏斗，有时候我赢，有时候它赢。它叫羞耻感。我想到那些差生，吴泳刚，是不是每天都在羞耻感的池水里游泳。是不是就是这种虚无缥缈的感觉控制了他，让他在被老师劈头大骂时撇着嘴，仍然在笑，却隐隐地透出一丝惨淡。是不是为了摆脱羞耻感的掌控，他故意让自己疲疲沓沓，对一切都不在乎，扮演一截任人戳刺，不会流泪也不会流血的木头。

这种感觉好难承受啊。身体里像有火，有雾，有湿热的瘴气。黏稠，肮脏，沉重。没有人帮我分担，把火接引出来。失去了队长标志的班干部们普普通通地走出了教室，保管钥匙的劳动委员将门反锁。我们不发一语，来到校门口，挥挥手，朝各自熟悉的方向四散。

我左拐，顺着学校围墙步行。涂文静就在我前方不远，我们暂时都不想说话。她也扎着一根马尾辫，区别是，她的马尾辫不翘在后脑勺上，而是矮矮地垂在脖子里，像一撮老鼠尾巴。和她的思想一样成熟。她拇指抠着书包肩带，专心迈步。我想绕开她，就在下一个路口转了个弯，走上平时不经过的岔路。

我在这条路上被抢劫过，二年级上半学期。冬天天冷，下了一夜的雪，我们坐在冰凉凉的教室里，浑身发抖。班主任和同一个办公室的老师们想用包装纸折五角星，打发我和段萍萍去买。我们把钱装进口袋，嘻嘻哈哈，为上课时间从学校逃逸出来开心。外面是一个晶晶莹莹的世界，像万花筒里精灵般的玻璃碎片被倒了出来，比我们早晨上学时更水灵灵。太阳升起来了，雪开始融化。我们听着屋檐上雪水滴落的声音，看路人哈出白气，把脑袋团在白气里走。我们跑前跑后，踩对方的影子玩，穿过四五条马路，到天山一条街那一长串小店铺里买包装纸。那些店铺还卖衣服，鞋子，a变成o的阿迪达斯和对勾倒过来的耐克。不过那是后来的事。我们选了几张灰底有白色小星星的包装纸，还有玫红色印淡黄小人的。段萍萍没什么主见，我说要哪张她都说好。我们付了钱，把纸卷起来，我让段萍萍拿着，自己背着手轻轻快快地在旁边监工。

走到那条岔路上，我看见檐角滴落下来的水珠已经形成了一根根冰凌。有的长，有的短，有的像尖锥，有的像葫芦。我指给段萍萍看，她大惊小怪，说真好玩。我们决定采冰凌，一人采一根，带回学校让同学们评评，谁采的更好看。段萍萍很快采了一根。她长得矮，挂在高处的冰凌对她来说就是最有吸引力的。她爬上一户人家室外的水斗，红肿着手，颤颤巍巍把最长的那根拔下来。真的很长，握在手里像一柄亮闪闪的剑。段萍萍说，她可以用这柄剑把所有敌人刺死。

我不想采最高的。尽管还没有学习物理，但直觉告诉我，冰凌的美观程度和长在高屋檐还是矮屋檐上没关系。我一路挑剔，左看右看，每一根都瞧不上。岔路快走到尽头了，我总算注意到有蔷薇花墙的那家门口，悬挂下来一根完美的冰凌。

采冰凌就跟摘他们家的蔷薇花一样简单。夏天夜晚，我揣着一只塑料袋，一把剪刀，来剪他们的蔷薇花。能看见全家人坐在灯光下吃饭的剪影。也许他们喝着虾皮冬瓜汤，吃酱油拌的金丝瓜，咸菜毛豆炒肉丝，一片片叠起来的糖番茄。我找准目标，剪下最大的一朵，两朵，三朵，藏进塑料袋里，收手走人。树枝在晚风中簌簌摇摆。

表演者

我很满意，这家人上缴的贡品丰盛美丽。

说折就折，我一伸手，冰凌被采了下来，神奇而神圣地在我掌中发光。我向段萍萍宣讲，之所以采这根，是因为它长得像《葫芦娃》里蛇精的宝物玉如意。我用它指向段萍萍，头部轻点，口吐咒语：如意如意，按我心意，快快显灵！段萍萍傻笑起来。冰天雪地里她的笑声脆而轻弱，尾端被冷空气截断了，结束得比别的季节圆钝。她看着我，觉得自己要做点什么，让我再念一遍。我把玉如意放在唇边，吹一口气：如意如意，按我心意，快快显灵！段萍萍还是带着笑容，吠了一声，汪！

我们哈哈大笑。然后就被打劫了。

一只手粗暴地把玉如意从我指间抢过去，敲了一下我的脑门，转身就走。我认出他是四年级一个留级生，在学校里待了五六年，毕不了业。我们不敢声张，等他走远了，小跑回到教室。段萍萍把她的冰凌扔了。我们搓着冻僵的双手，把包装纸交给班主任，她表扬了我们，发给我们一人一把香瓜子，在课间吃。

此后，我尽量不走这条岔路。虽然我知道，恶霸们是流动的，并不会专注于一条路。

这天是个例外。为了避开涂文静，我又一次来到这里。还是记忆中的弄堂，两边高低错落，拼拼凑凑的水泥房子，都是住户们自己建造起来的。捡一堆别人用剩的旧砖，把房子翻一翻，一层翻成两层，两层翻成三层，让挤在一个门洞里的老人孩子，和敲锣打鼓娶了媳妇的大儿子二儿子三儿子都有个地方住。那时流行把墙壁刷成鲑鱼粉、苹果绿，靠近天花板处拉一根棕色横线，像个复古的西餐厅。我们全家也住在这样的房间里，我的小床放在爸爸妈妈的大床旁边。涂文静不是，她住的是第一批分配给教职工的公房，扁扁的几幢。她家有好多门，大门一扇，主卧一扇，副卧一扇，厕所一扇，厨房一扇。她告诉班主任，她就睡在副卧。一个摄制组要采访成绩优秀的小学生，班主任问过我，也问过涂文静。我说，我的作业都是趴在床边的八仙桌上完成的，我们也在那张桌子上吃饭。涂文静坐在书桌旁做作业，她有一盏小台灯，还有专属于她的书架。我没有书架，我去新华书店看书，家里仅有的几本书有时放在妈妈的单筒洗衣机上，有时放在床头。

他们选了她。

我们管这样的房子叫私房，在私房生活的人，难免有一些隐私暴露在大众面前。众目睽睽下把买来的菜堆在水斗里，一把水芹，两根茄子，十几只准备用糟卤泡一泡的鸡爪子。隔壁邻居的脑袋就探过来了，哟，今天吃糟脚爪？

快五点了，有的人家已经开火。罐装液化气用完了，是骑着自行车去换的，换回来，重重地搁到灶台边上。咔哒，点火，铁锅往火上一架，浇一圈油，顺着锅壁滑动下来。撒入切碎的蒜，爆香，掰成小指头长的刀豆往油里一滚，碧绿碧绿。带鱼银闪闪，剁成一段段，腌个把小时，煎得又干又香。还有裹了面包糠和蒜蓉粉炸出来的小翅根，模仿肯德基，堆出一小盆。

香味全钻进我的鼻子里。

我任它飘过。

双腿自动在岔路上乱走，失魂落魄。原来人难以消化负面情绪是这样一种感受，觉得自己像一口小盅，太小了，太小了，小到无法把胀鼓鼓的负面情绪兜进去。它如肿块，畸变，肉瘤，不断从小盅边缘冒出来，往四面淌。小盅只能摇摇晃晃，被它淹没。

走过这一长排私房，前面有一条臭水浜，水浊黑浊黑，行人都捂住口鼻通过。臭水浜对面，是一块新开辟出来的工地，原拆原建，不久之后大面积铺开的拆迁潮就是从这里起始的。潮水初席卷，居民们还没什么经验，没学会狮子大开口，也不懂得当钉子户。把房子敲掉的人许诺，今日拖家带口搬走，三年后就能住进四十平米，装抽水马桶的新楼房。于是欢欢喜喜把合同一签，叫一辆卡车，连人带铺盖拉去了临时房。也有人借住在亲戚家里，就在周边，时不时回来看一看，工地还在不在。没过几天，护栏上被抠出一只大洞，窝着身子能钻进去，经常有拾荒者出入，还有垃圾中学的小流氓小阿飞在里面聚会。

这是我从未涉足的禁区。

但这天怪了，跨过臭水浜，天色暗下来，从远方的天角上晕染开一种混浊的墨蓝。几条小船漂在臭烘烘的水面上。我被羞耻感和失败感击垮了，脚步钝重钝重，漫无目的地绕着工地走了半圈。经过洞口，我往里望，黑灰色的碎石乱瓦好像通往另一个时空。忽然之间，废墟和天空的衔接处冒出几点火星，闪闪烁烁，凿破灰蓝的背景色穿了出来。我的第一反应是会不会遇到了萤火虫。书上说，萤火虫在夏季傍晚提着小灯笼，鬼火般飘摇，作为一个城市里的孩子，我从没看见过。一阵激动唤醒了我，魂魄收了回来，一俯身钻过洞口，咕噜嘟就站在工地上了。我朝火星跑去，它还在那里，轻轻灵灵，明明灭灭。快接近了，我注意到火星并不是悬荡在半空，它长在一个小方块上，小方块是绿色的，握在一团圆乎乎的灰雾手里。

那灰雾是个人。

顷刻间，废墟具体起来。昔日各家各户的墙壁、地板、屋顶支离破碎，在地面竖起小刀。脚踩着的这块地方变得嶙峋，《西游记》《奥特曼》里出现过的妖魔鬼怪，和报纸上刊登的潘萍毁容案那张恐怖的照片都复活了。我立刻想要逃跑，灰雾却说起话来。

你说我把它砸在地上，会是什么样？

声音稚嫩。

我仔细看，辨认出站在半明光线里的这具形体是一个小胖子，穿着校服。校服由简单的绿色和白色组成，和我身上的一样，让他一下子无害起来。我惊魂甫定，抬腿在附近的废墟上高高低低走动了几步。小胖子继续自说自话。

我可以让它爆炸，然后就会着火，很大的火。

我看清他手里捏着的是一只打火机。

真幼稚，我想。

但是我不想激怒他，我只是说，能有多大？

很大很大，把这里全部烧光！

他又擦了一下齿轮，打火机释放出一丛火苗，底部蓝莹莹，中间有一段幽深的过渡，顶端是橙黄色。以前我们谈论起火,都默认火是红色的,全是红色,只有红色。红色才是危险的。但实际上,蓝色和黑色也酝酿着危险。

小胖子松开按键,火熄灭了。我意识到他掌控着危险的开关,存在或消失全凭他一个人的主宰。这让我十分不爽。这时他又问,你说我敢不敢把它砸在地上?

你不会的,我说。

为什么?

我吊他胃口,偏不回答。

他急于证明自己的胆量,用力跳起,把打火机往脚边一砸,你看——

黑暗中腾起一片火光,伴随着一声巨响,打火机被炸成了碎尸,很快燃烧完毕了。

我模棱两可地笑了笑。

小胖子蹲下来,检阅残骸。他已经失去了他的武器,现在我们都两手空空。

你是哪个学校的?他问。

我说出学校名。

我也是。你哪个班?

我简略地说,我三年级。

三年级?小胖子笑出声,我不认识三年级的小毛头。

他又在废墟里挖了一会儿,除了一个人,那就是——宇宙超级无敌大美女卢海姗。

我诧异,什么?我就是卢海姗。

小胖子扫我一眼,不可能。

我就是卢海姗啊。

小胖子凑过来,检查了一下我的五官。

你不可能是卢海姗,因为你一点都不好看。

我无话可说。

如果你真的是卢海姗,你一定知道她写了一篇作文,汤老师带到我们四四班来读过的。那篇作文的题目是什么?

《小树死了》。

对了,但是,你能背出第一段吗?

我背不出来。

小胖子挺起胸膛,用全市小学生统一的朗诵腔背起来:过年时,爸爸妈妈给我买了一棵小树。卖树的叔叔叮嘱我们,十五天浇一次水,而且要摆在室内。过了一些日子,小树长出了嫩绿的枝叶,还点缀着三四颗新芽。妈妈说这叫爆青,说明春天的脚步正在走近。我听后非常高兴……

我不高兴,反而汗毛耸立,问小胖子,为什么会背这篇作文。

汤老师让我们背的,他不耐烦了,反正你不是卢海姗。

他捡起只剩下半截的打火机,抡圆了臂膀,往黑暗处又投掷了一次。

这一次,鸦雀无声。

《小树死了》确实在学校引起过轰动。

语文老师用红笔批改作业,在一些句子下方画打着圈的波浪线,代表你发挥得不错。《小树死了》通篇都是这样的波浪线,结尾处写有评语:善于观察,用词精炼,将小树从生到死的各个阶段完整记录了下来。在这个过程中,对爸爸、妈妈和小主人公不同的心态刻画准确,活灵活现。小主人公期待小树复活,留给读者希望,是一篇积极向上、寓意深厚的优秀作文。

大家都问我借作文本看,只有涂文静,当着众人的面刁难我,你写的小树叫什么名字?

差点就被她问住了。从妈妈把它搬进房间那一天起,我就叫它小树,没正儿八经喊过大名。它的叶子尖尖毛毛,像一片小竹林,淋过雨后树枝上会沾着水珠,轻轻一晃,洒落一地,让人想起湿漉漉的江南。这么清秀的植物会叫什么名字呢?我拼命回想,终于记起来——

是文竹!

表演者

涂文静点点头，原来是文竹。那么你写错了，文竹属于草本植物，树属于木本植物，你把文竹叫成小树是不对的。

我恨她。

然而，在写作文这件事上，涂文静启发过我，是她让我开了窍。三年级一开学，老师布置了第一篇作文，《放学以后》。我削尖铅笔，往田字格里爬进一百个字，就再也写不出来了。放学以后，我回家，吃饭，看电视，读一会儿《中国神怪故事大观》，就睡觉了。这本书有九百五十六页，十三元，是爸爸唯一一次带我逛书店，省下他的香烟钱给我买的。爸爸丢了工作，靠打麻将挣钱，每天抽一包软壳牡丹，三块六。书的最后一页写着：人是需要有幻想的。没有幻想的人，如同鸟儿没有翅膀。

老师给我打了一个低分，说跑题了。写作文就像射击，要命中靶心。既然叫《放学以后》，就应该只写那个时间段发生的事情，不写书，也不写爸爸。

涂文静得到满分。

我至今记得，语文老师站在讲台旁念了她的范文。她写一天放学回家，下雨了，天空的颜色在窗外如何变化。雨点从"米粒"转为"豆大"，她"踮起脚尖"，使出"九牛二虎之力"把晾衣竿拉了进来。有什么东西在我心里噼里啪啦。我洞悉了写作的奥秘，写作，就是把折叠起来的句子一一打开。将动作放缓，让词语繁茂，给它们足够的时间和空间，那些句子就会像有生命一样自己旋转起来。

用不了几次，我也学会了踮起脚尖，学会蹦蹦跳跳回家，一个人吃晚饭，两手撑在五斗橱和爸爸妈妈的床头板上把自己荡到电视机前，看《新白娘子传奇》，等待妈妈的钥匙尖插入门锁的声音。学会翻阅《中国神怪故事大观》，不提价格。学会和爸爸上街买书，不打麻将，也不抽烟。

那个星期六，我灰溜溜到学校参加大扫除，手臂光秃秃，错过了去少科站赢取小霸王学习机的机会。星期天，我写下一份悔过书。星期一，想把悔过书交给班主任，敲了三次办公室的门，都无人应答。星期二，老师们穿得有点古怪，黑色，棕色，灰色，把自己裹在暗沉沉的布匹里。天气阴，走廊上一片肃穆，每个教室的前门和后门都被某种无形的东西封堵，大家躲在洞穴里，不冒头。

我问段萍萍，发生什么事了？

段萍萍说，什么什么事？

表演者

我破例问涂文静，外面怎么了？

涂文静推推眼镜，听说有市教育局的领导要来视察。

不太对劲。以往有领导视察，或者开公开课，老师要求我们展现出的风貌就刻在教学楼大门两旁：团结紧张，严肃活泼。我们也配合着把早就准备好的标准答案背了又背，绝不会只有严肃，没有活泼。

星期三，美术课停课，没有提前通知。我们都在书包里塞了水粉颜料和调色盘。班主任的半个身影在教室外面闪现，和谁说话。稍过片刻门开了，汤婆子和班主任一起走进来。卢海姗，班主任说，还有五位中队长，跟汤主任走。汤婆子勾勾手指，面无表情，把我们带了出去。

我心想惨了，一定是收标志事件的余波。悔过书还没有交上去，就躺在我的桌肚子里。我们六个挤作一团，大气不出，尾随汤婆子上楼梯，目的地不是教导主任室，是二楼尽头的音乐教室。到了，汤婆子回转身，示意我们在门外排队，一次只进来一个人。

卢海姗，你第一。

我心脏怦怦跳。做大队委员是要付出代价的，一群鸟飞成一个三角形，遇狂风，遭雷暴，最先倒霉的就是打头那个。我一闭眼，视死如归，跟着汤婆子走了进去。

迎接我的是一片火光。音乐教室熊熊燃烧，从天花板到地板，仿佛被人泼了一盆血。我退开两步，看清楚，火光来自拉得密密洞洞的窗帘。我完全不记得这里装着这样的窗帘，红丝绒，血淋淋，瀑布般倾泻而下。汤婆子和王老虎坐镇在火光里，还有一位我不认识的叔叔，三人面前都放着纸和笔。

汤婆子请示王老虎，开始？

王老虎敲敲笔尖。

汤婆子对我说，卢海姗，先用一句话介绍一下自己。

我困惑，但不敢让目光在老师们脸上停留太久。我规规矩矩地说，我叫卢海姗，是三五班的大队长。队长标志上星期被没收了，我错了，我写了悔过书，放在教室里，我可以去拿。

汤婆子似笑非笑，没问你这个，别害怕。

我看着她。

她说，教你们音乐的是朱老师吧？

我说，是的。

你觉得她怎么样？

朱老师怎么样？我一时不知如何回答。她很年轻，漂亮，头发像母狮子一样狂野。喜欢穿裙子，各式各样艳丽好看的毛衣，弹起钢琴来十指翻飞。她的声音当然很好听，下落时低沉有力，上升时激昂高亢，带着我们一级一级爬叮叮咚咚的音阶。虽然我五音不全，她还是亲热地叫我小兔子，说我是小人精。好几天没见到朱老师了，我有点想念她。

但在弄明白老师们的意图之前，我不打算吐露全部。

我说，朱老师，蛮好的。

她对你们很客气是吧？

我想了想，是的。

她是一个好老师吗？

我领悟到了，这可能是一场学期末对任课老师的评估会。底气壮了一点，我决定表明自己的态度。

是的，朱老师上课认真负责，对我们也很客气，她是一位好老师。

汤婆子和王老虎都点点头，往纸上记了些什么。

汤婆子停下笔，你们的美术课是哪位老师教的？

美术课？脑海中朱老师的身影淡去，换上罗锅的。美术老师姓罗，中等个子，右脸靠近脖子的地方生一颗大痣，长毛，我们叫他罗锅。除了姓氏，他和罗锅其实没什么关系。电视里正在重播《济公》，其中一集，有位老爷爷下巴上挂着一只肉瘤，被济公一掌劈下，托在手心里像只寿桃，大家都说罗锅的痣总有一天也会长到那么大。

他也是一位好老师，话不多，讲课的时候柔声细气，遇到不会画的，就手把手教我们。在他的辅导下，我画出了黑白分明的大熊猫，鹅黄小鸡，一串串悬在树梢上晃动的紫藤花。

于是我说，美术课，是罗老师教的呀。

嗯，汤婆子说，罗老师怎么样？

罗老师也很好，他对我们特别……我没想好该用哪个形容词，才能把罗老师润物细无声的特质表达出来，就一个个试过去。

他对我们特别柔和……温和……温柔。

说到温柔，那位不认识的叔叔抬起头，朝王老虎的方向使了个眼色。

王老虎开口了，卢海姗，特别温柔是什么意思？

就是，他从来不大声说话，也不批评我们。有哪位同学画错了，只要举手，他都会再发一张纸，告诉我们可以重新画一次。有时候忘记带颜料，他也会把自己的颜料借给我们。

他们没回应，也没记笔记。我感觉到，我提供的这些信息不是他们想听的。他们把我当大人，问我问题，和我对话，我不应该让他们失望。因此，我搜肠刮肚又补充了几句。

表演者

还有，遇到一些比较有难度不会画的地方，罗老师会走过来亲自教我们。

怎么教？

就是这样——我做出一个罗老师用他的大手包住我们的小手，操控毛笔引导画画的姿势。

等等，那位叔叔说，你到汤老师那里去，假设汤老师是学生，给我们演示一下罗老师是怎么指导汤老师的。

我站起来，绕到汤婆子身后，他们都扭头观望我。我刚想去握她的手，忽然记不清罗老师是站在学生的右侧，还是左侧了。这两个站位大不同，站在左侧，意味着他要把整个上半身覆盖在学生背上，右臂环绕肩膀，脸贴近脸，才能完成指导的动作。我有没有被他这样覆盖过，面颊和那颗痣上的毛毛摩擦，觉得恶心，微微让开，但后脖颈还是被那只手臂拘着呢？一点都想不起来了。

开始吧，叔叔催我。

我心一横，往汤婆子的后背靠过去，捏住她的右手。现在她的呼吸声就在我耳边了。她的手好粗糙啊，摸起来像鱼鳞，还有一小块淡褐色形状不规则的花斑，让我分心。

好，可以了。

我回到座位上。

罗老师这样指导过多少学生？

很多吧，我说。

男同学还是女同学？

我回想当初的画面，什么也没想到。直到那一刻我还是很不确定，这情景是不是真的上演过。但是我必须回答了，只能动用推理能力。肯定是都有的，考虑到女同学普遍比男同学热爱绘画，我得出了最终的结论：女同学。

他们都记了笔记。

很好，卢海姗，你可以出去了。

我敬个礼，准备出门。汤婆子赶到我前面，把门拉开。五位中队长老老实实贴着墙壁站着。我们都听到了她接下来宣布的消息：卢海姗，月底市里要举办一场重要的作文比赛，由你代表我们学校参加。二十八号星期五，去一天。你等会儿下去以后就跟班主任请个假，听到了吗？

我郑重地说，听到了。

那个月在一种诡异的气氛中飞速过去。头几天，没有人谈论两位老师的先后消失。他们就这样不见了，噗通，噗通，像两只青蛙在雨天跳入水池。一位姓冯的老教师接替了朱老师，她头发花白，弹起琴来手很重，仿佛穷毕生之力要把钢琴砸破。我们在她的授意下也咬牙切齿地唱：准备好了吗？时刻准备着，我们都是共产儿童团。将来的主人，必定是我们，嘀嘀嗒嘀嗒嘀嘀嗒嘀嗒……

罗锅的课停了两节，班主任让我们做主课作业。随后来了一位擅长剪纸的周老师，红纸在手里转圈，三两下就剪出一桌子悟空、唐僧、猪八戒，把我们都迷住了。下一堂课又捏彩泥，赤橙黄绿青蓝紫，颜色应有尽有。没有人再想起罗锅。

反而是妈妈提到了这件事。邻里之间一讲起八卦，就会换上一种小小声的气音，虽然周围并没有别的人。她们用手掩着嘴，胳膊肘撞来撞去，交换秘密。我听见妈妈说，哎，就死掉了呀，血哦，从地板缝里滴到楼下。你说他胆子怎么这么大？杀掉了还要剁碎，剁到一半手都要发抖了呀。邻居说，真的假的啊，真是吓死人了。妈妈说，谁知道啦，反正他们都是这么传的。邻居说，报纸上登出来了？妈妈说，还没有看见。邻居说，这两天看看《案件聚焦》，这么大的事情《案件聚焦》应该要关注的。

妈妈上晚班时，我一个人打开电视。《案件聚焦》的片头曲飘出来，我颤抖着手又把电视关掉。我怕那个小框框里突然蹦出一张熟悉的面孔,叫我小兔子小兔子。不能看,《封神榜》里有个叫伯邑考的被纣王做成肉饼,已经把我吓得魂飞魄散。

二十八号,我和一位五年级的女同学跟着汤婆子离开学校,去参加市里的作文比赛。其中一段路我们坐的是地铁。那时上海只开通了一条地铁,它载着我和妈妈去过人民广场,徐家汇,锦江乐园。列车穿行在黑洞洞的隧道里,我紧握扶手,感受风,刺啦啦从这架钢铁巨龙的头部卷向尾端,制造出似曾相识的,金属的锐利和猛兽的警告。它吹过我,也吹过汤婆子,我们沐浴在风的冲刷中。在那一瞬间,我体会到了人类的渺小和生命的短暂,朱老师,罗老师,就这样离我们远去了。

比赛是半命题作文,《＿＿＿＿＿变了》,我毫不犹豫填入上海。这座城市每分每秒都在改变,像毛细血管悄悄爆裂。等我长大以后,上了中学,上了大学,它一定会面目全非,不,日新月异。它将承载着我,张俊,段萍萍,涂文静,耿琪,吴泳刚,所有喜欢不喜欢,认识不认识的人,奔向我们的未来。它是我的故土,家园,福地。我用一个三年级小学生能想到的最绚烂、刺目的词语抒了整整两页纸的情。从赛场出来,我虚脱又亢奋,接过汤婆子给我们买的红宝桔子水,咕咕咕吸个没完。

汤婆子问，感觉怎么样？我们镇静地点头。汤婆子说，如果得奖，不仅为学校争光，考试还能加分。然后，在她们的对话里我察觉，作文要求中有一条我竟然没看见：请在横线上填写一个人。

然而，我什么都没说。

回去路上，一股忧郁的情绪流遍我的全身。也不只是忧郁，还有深沉，浪漫，时光的稍纵即逝感。我静静地不说话。汤婆子问我，卢海姗，你在想什么？明后天可以休息两天，在家要做什么？我是真的思索了一番。我从没有发现，时间是一种财富，它满满地被我捧在手上，可以随我心愿，任意使用。我多富有啊，多自由。我说，我想再写点东西，写一写我的家人，我的爸爸妈妈，外公外婆，我的奶奶。是吗，汤婆子说，真好。

外公外婆那时候还健在，一个中风了，瘫痪好几年，一个为每天照顾她不得脱身而痛苦。他们将在我大学时和工作后告别这个世界。爷爷死于爸爸幼时，奶奶在我初中时睡过去了。一些事情还来不及发生，一些死亡在前面等我。

我回到家，谁都不在。眼中噙着泪水，饱含对世人的爱和难以表达的激情，我拿出作文本。纸页空空，静待书写。可是，难得有个周末，窝在家里写作文多无聊啊,还是打游戏吧。我犹豫再三,软着手,从柜子里一寸寸抽出游戏机。我只有一盒游戏卡,四合一,是商店里卖得最便宜的。要玩别的,就要等放暑假,让我表弟把他的游戏卡带过来。我吹吹游戏卡,插入卡槽,选中魂斗罗。还记得有个密码可以开出三十条命吗?上上下下左左右右BABA。我老是搞不清楚,是左左右右还是左右左右,是ABAB还是BABA——

不管它了。

我珍惜仅有的三条命,按下确定键,贪婪地打起来。

2023年

那个叫heeeer的人

我的微信好友列表里，有一个叫heeeer的人。她的照片最初是一只卷起鼻子，从河里捞出三滴蓝水的象。后来改了，变成太阳，天空，五彩祥云，浅棕色背景里一棵孤独而清醒的树。现在她用的是一个举手跺脚的卡通女孩，那个流行过一阵子的APP，可以给自己捏头像。等所有人都娱乐完了，不再喜欢，她还土土地罩在脸上不取下来。我知道原因，因为女孩所在的背景，是她投影在墙上一张真实的剧照，《霹雳贝贝》，她童年最喜欢的电影。

有一度，我认定heeeer是唯一理解我的人。

我说她的名字像马，小写h是马头，r是马尾，中间四个e没完没了地重复，是健硕瘦长的马身。贾科梅蒂做的雕塑，每个人和动物都被压缩又拉长许多，黝黑、细狭、坑坑洼洼，和heeeer这一串英文字留给我的印象一样。也像小时候玩过的弹簧玩具，我上淘宝搜了搜，叫魔力彩虹，推销视频里一头金发挑挑眉毛的游戏师，玩到风生水起，仿佛在手掌周围凭空劈开十八个维度。按暂停键，其中静止的一帧，弹簧被均匀甩开，还未弯斜，在空中呈现一种和谐致密悠然排布的美，那就是她的名字。

她加我好友时什么都没写，没按照固定格式，发我是heeeer，也没打招呼和礼貌用语。我不介意，马上就通过了。我们说的第一句话关于一则抽奖推送，heeeer告诉我，认真写下留言，点赞最高的前三条有机会赢得新马泰旅游机票。我想了想，万一中奖，我是不是真的会去这些地方。答案是肯定的，于是，我兢兢业业表达诚意，讲述我对热带、海洋、椰风树影发自内心的渴望，最后还附加了三四个看起来很开心的表情。我给自己点了赞，heeeer也给我点了。快揭晓时，我累积到29个大拇指，第一名有998个。我想他大概拉了票，或者在短短六七行里，大家都看出他比我更有热情，也更疲惫，需要椰风树影温柔而免费的抚慰。

第二条是我礼尚往来，顺手发给heeeer的。公司附近一家小小的日料店，有啤酒和烧烤。她是不懂放松的那种人，我一看就知道。放松是一门艺术，不只口头说说那么简单。当你对自己说，放轻松，你就已经不轻松了。当你拉长尾音一字一顿对自己说，放——轻——松——，你就已经很不轻松。有时我们不明白如何找到轻松，以为紧张的工作学习之后，玩手机可以带来轻松。轻松像躲在树荫里被打碎的夕阳，屡屡弱弱，稀稀拉拉，和我们做游戏。我想heeeer跟我一样，每天11.5小时盯着屏幕，放下又翻起手机四五十次，像得了多动症。在电子产品面前，我们多动而反复。一次次机械地翻飞手掌，不过是为了瞅一眼这块浓缩的虚拟世界，有没有增加一个红点。快别看了! 我隔着网络对heeeer喊，随便找个人，一起去喝一杯吧。前两年公司团建，我跟在老板身后去过一次。店在小巷子里，导航把我们带到它的反面。我们掉了个个儿，一点点折回，像精细地揉搓，拉直，捋顺，一团散落在地面的绒线。

有一扇玻璃门，欠身进去，会看见烟雾从客人头顶升起。一张张面庞，和白天不一样了。肢体还套在白天的衣服里，那些装饰和遮掩，想大声吼叫给别人我们是谁，又小声把真相隐藏起来。现在都染上了红晕。柔软地，和另一块红晕交谈。我挑选了最靠边角的位置，让自己松弛，软化，失去形状。我嵌进墙角，贴在墙壁上，飘浮到房间高处，细细观察在料理台后面捏肉丸的那双手。这时我是一切，来自一切，也可以成为一切。散场以后，同事说我醉了，我觉得好笑，就一直笑一直笑，跌跌撞撞踩进家里。像把没吃完的食物打包，我把晚餐附赠给我的这一份笑，切片装盒，保存在冰箱的冷冻柜。想用的时候打开柜门，就可以取出来。

之后一年，我一共取出二十七次。最后一次，我把笑割得伶仃，还是没办法地用完了。

需要给自己积攒一点快乐，我提醒heeeer，趁我们还能感觉到快乐的时候。快乐像盐，一小撮一小撮，撒进无比辽阔的，情绪的海洋里。翻滚的波涛下面，有时埋着痛苦，有时埋着麻木，有时被无法掌控的外界事件如核爆般轰炸出一朵沉闷而猛烈的水底蘑菇云。当身体被撕裂，在我们以为的废墟上面，会飞快地长出另一具新的身体——死是死不尽的——新生命冒出来的速度令人惊叹，来不及惋惜叹气，它早已刺破死尸钻了出来，拥有自己的纹路。为了给heeeer形容那种快速，我噼里啪啦打了几行排比句，排列之后是这样显示的：

某年某月某日 00:51
比月亮钻出云层还快。比雨点落到地上还快。比左眼转向右眼还快。比希腊神话里快如意识的赫尔墨斯还快。

它不是诗,一定要说,顶多算是被微信强行断句的诗吧,看起来还不错。类似的强行诗在我和heeeer的对话中还有很多,比如,如果晚上做了梦,一睁开眼我就会下意识地拿起手机发给heeeer。醒来的一瞬间还是能记得住的,再往下生活,现实世界的琐碎片段会像游戏加载进程一样不由分说灌进来,我头脑沉重,渐渐认清了自己身在何处,姓甚名谁,今天明天后天的日程表上排着什么。梦就被淡忘了。要趁现在,梦还被我抓着一只脚,没有立刻飞到天外,抓紧时间把它拉回来,死命抱住,如同在迷宫中巡游,检索与识别堂皇的梦之宫殿。

那就再分享几首有关梦的强行诗,下面都垫着绿色的聊天方块,在heeeer看起来,应该是白色的。

某年某月某日 07:22
梦见中学课堂,周围都是初中

同学。教室簇新，有一种未来感，亮堂堂的，桌椅都很宽敞。我们坐在里面，那种氛围特别奇妙。我拖了一张桌子过来，沉重的感觉。原来梦里除了能够看到颜色，听见声音，也能感受到负重。后来觉得太沉，拖不动了，我就放弃了。

某年某月某日 06:57
梦见一只猫，小毛猫，嫩姜色的，从不知哪里钻出来，活蹦乱跳腻在我身上。我也愿意被它腻，但它没有轻重，一会儿跳到脖子，一会儿跳到手指，把我指尖弄得疼。我被疼醒了，发现是梦，又闭上眼睛，残留的小毛猫再次跳到我的指尖，还是疼。

某年某月某日　07:03

我在梦里智慧超群，很穷，但是聪明。他们做了一种空中机器，四方形，有一只巨大的航空罩子，从天上降下。要在罩子合上之前按照公式算出结果，才能活命。每次我都算对了，跃升到罩子外面，开始逃逸。新一轮的追捕再次启动，我一边逃，一边疯狂心算。逃逸是用飞的。

某年某月某日　07:14

梦中我和人吵架，生气，转头往街上跑。一辆车子把我碾碎了。我飘起来，飘进一条长长的走廊。他们在门外找我，一声声不停地喊。我上上下下，里里外外地躲避，躲了很久，不想和任何人接触。这让我产生了一个顿悟，原来我心里的

恐惧不是针对某一个人,而是
对全体人类的恐惧。

差不多就是这样。这样的诗作层出不穷,如果我厚脸皮,坚持叫它诗的话。不过作者不是我,也不是heeeer,是电子时代冷面无情却把罗曼蒂克玩弄于股掌的程序程序程序。被程序操纵的我,在空泛的手机屏幕上两指交错打完这些小字,也已经彻底清醒,把自己拽起来,洗脸刷牙,投入又一天循规蹈矩,谁都不知道有没有意义的生活。

工作日,这几个字看起来有种肃穆禁欲的美,和枷锁连在一起。工作日的早晨,heeeer通常不会回我,但我知道,她看到了。说话的人,内在的诉求其实是被看到。被披露,被揭开,被容纳。反过来想,有人向你倾诉,是灵魂深处对你的信任和亲近,你不必真的给他支招,想破脑袋提出建议。一定要建造什么,是这个功利的社会揉捏我们柔顺的头脑,塑造出的最有害的思维方式之一。我们不再空虚了,不是贬义的空虚,而是字面意义上,最本源的空和虚。外部空间和内部空间都被占满,我们满满地,充满建设性地,踏上每一个工作日。

这种质感,像滚地雷,我不知道滚地雷是如何打的,只是被这三个字迷住了。滚，地，雷。沉甸甸地，雷的触角从天空骤然砸向地面，土崩瓦解，时空碎裂，滚地雷在泥土厚重的包裹里越陷越深，越来越沉，周身翻滚，贴地前行，终于把自己聚合成一只咖啡色的雪球。我们就是这样实际和确凿地，像滚地雷一样霹过日历上的每一天。

面对朋友的倾诉，完全不必如此。那是另一种质感，蒸腾在天上的，可以有很多可以，丢弃大部分必须。像一滴水，一丝风，悄无声息潜入朋友静静叙述的语气，去贴合和感受，每一阵情绪起伏。形状似山，起起落落，最高处不是对，最低处不是错。在十字交叉绘成的象限里画出正弦弧线，穿透理性和道德搭建起来的铜墙铁壁，把自己还原成一个纯粹透明，闪耀着水晶般光芒的感受体——当然前提是，你有朋友的话。

有朋友是一种幸运，真的，如果对方也把你当作朋友，是幸运中的幸运。这是比所谓爱情更大度，无私，接近纯爱的一种感情。朋友的眼睛是湖，从中照见自己，还能映出湖底游泳的鱼，很多很多微小却真实的快乐。人和朋友在一起时接近天使，用一种举重若轻，不自知的方式。而爱情有时通向地狱，它的道路是由化了妆的重视和化了妆的未来铺就的。在被押解到爱情地狱的路上,让我们崩断锁链,和朋友尽情嬉戏吧,像我和heeeer这样。

  偶尔偶尔,heeeer也给我寄梦。滴,消息来了。不是早上,我想象她匆忙下楼,在早点摊买张卷饼,多放甜面酱,免辣,撒两倍葱,紧紧握住,在上地铁前飞速吃完,腾不出眼睛和手。要到中午,潦草吃过外卖,把一次性筷子一次性饭盒印着笑脸的塑料袋扔进垃圾桶,开始犯困,犹豫要不要点杯奶茶,才想到和我说话。点啊,我怂恿她,一边给自己加珍珠加波霸加仙草加布丁。等奶茶的间歇,heeeer把记忆里的残梦发送给我,书写风格和我很不一样。我絮絮叨叨,区分的得地,不漏掉标点符号和语气助词。她很简略,留一根骨架,只有关键字的日常电报。

  某年某月某日　13:12
  蓝天,船,远方的炮火,野熊,
  滑滑梯,老刘,一把枪,冬季
  太长,过也过不完

  话是不用说尽的。我被这些散珠一般,长长短短,零零落落,乍看起来互无关联的词语启迪,揪住一根线头，刺下去，拉出来，任由想象牵引，在头脑中织出一幅泛着淡金光泽的画屏。战争岁月里，天仍是蓝的，硝烟炮火没有改变云朵的形状。生活已经破碎了，日子伪装自己，继续不动声色日月交替地移动下去。生和死都比过去加速，从洞穴里钻出来的野熊，因为步速过快，右脚掌有一点变形。战火声格外远，远到以为关上音箱，就能消除残破的背景音。最末一班船也开走了，老刘掏出准备好的那把枪，在滑滑梯尾端坐下。从远处看起来，一个苍老的男人坐住了大象的鼻子。他开枪或不开枪都需要一股冲动，悬于那根弯曲的手指。冬季太漫长了，过也过不完，手指被冻僵。

这幅画面传递出某种旧日气息，色彩鲜艳而阴郁。鲜艳的局部仿佛在镜头里跳动的彩色条纹，暗藏着尖锐的不安。让我想起很久以前，某个奇怪年代，日本头脑警察乐队唱的，《她是革命家》。

某年某月某日　13:17

坐在我旁边，一只手拿着马克
思的书，穿着蓝色牛仔裤的，
那个女的是革命家。我喜欢那
种人，我也卷进斗争的旋涡中

吧，我一直在寻找，那个人的

笑脸，她是红军，啦啦啦啦。

把歌词发给heeeer，我们接着喝奶茶。太平盛世，革命并非真的革命，只是共产主义美学而已。如同蛋糕上要放一颗樱桃，咖啡碟子配一块小饼干。我们用力一吸，涌上甜蜜蜜满口的配料，啦啦啦啦，啦啦啦啦。

有点腻。我发现，我和heeeer有一个共同点，跟大多数人不太一样。我们都喜欢半洋不洋半土不土的东西，过于精致的氛围会让我们跳脚，浑身起鸡皮疙瘩，要马上找一点反差来解围。比如，走进网红店就开始呼吸不畅，怀疑周围人是不是程序编排的全息投影，为什么无知无觉，在这么虚假的环境中还能一手比耶一手拍照片。但也没法太接地气。这个时代常常反智，接地气被捧得过高，有时甚至唯一正确。为了破坏那种统一，我们会故意做些莫名其妙的事，heeeer有一次在公司打碎了人事发给她的生日快乐杯子，泡咖啡时手滑。而我知道，手那么滑，只因为每个过生日的人都会得到同一只杯子。

拒绝被规划，拒绝一致，拒绝标准被收束到很细，抄起剪刀，修剪掉毛毛糙糙边边角角，成为浑圆的人。我们想要的，是在世事涤荡中保有自己。话说回来，这是一个哲学问题。没有人天生是自己。所思所想，所作所为，上一秒头脑中飘过的任何一个最寻常的念头，都来自文明的塑造。没有文明，我们甚至说不出一个完整的句子。人人都踩在先人的肩膀上、胸脯上、肚子上、屁股上，表一个有限的态。

我和heeeer经常进行的另一项重要活动，是掷骰子，这也和先人有关。占卜是古代社会通天的方式。通天不一定要像《杰克与豌豆》里种植一颗实体的魔豆，长出豆茎，去偷取天上无辜的巨人收藏在家里的金币和竖琴。也不必修建巴别塔，用砖，用水泥，一层层垒高，那么漫长，危险和物质。通天可以是抽象的，一瞬间，肉眼不可见。就用占卜，上天会像发送闪电一样迅猛而清晰地传达祂的意志。龟甲，蚌壳，蓍草，兽骨，夜空中明明灭灭瞬息万变的群星，先民们借用大自然存在的丰富媒介进行占卜，到了21世纪，就是聊天软件里一颗缓缓滚动、展露不同面向、代表各种随机结果的二进制虚拟骰子。

随着骰子最后一转，庄重地停留在某个数字，风云突变的可能性之盒终于关闭了它的入口。求神问卜的人得到了启示，和三千多年前，殷商人在龟甲上篆刻甲骨文放火上灼烤是一样的。

原本折磨我的选项，被抛回给神。要不要继续勉为其难留在公司,作为团队不起眼的一小分子完成这个项目再走,还是放纵自己在压力到来之前赶紧撤离同时警告别的同事快走快走快走……要不要买那件在购物车里放了很久,标价1198打折768两件折上九折超级会员折上八八折的法式复古小众抽绳连衣裙……要不要把头发留长,文眉,割双眼皮,削颧骨,丰唇,去眼袋,练泰拳,打HPV疫苗,买房,炒股,冻卵……

神可能会烦得在我后脑勺上甩一巴掌,骰子不会。

一三五就做,二四六不做,单数比双数更具备行动力。单数是突兀的,锋利的,有向前扑刺的力量,像爱斯基摩人手中的长矛。双数则均衡,稳定。掷出双数时,我们告诫自己,老天爷正通过掌中的点数发出暗示,人类!满足于已经拥有的吧,别贪婪,别躁动。掷出单数,就需要做些什么把缺损一点点弥补起来。唯独有一个特例:数字六。六是第六个平面的标记,拥有六面的六方体所能攀登的最高级数,数学中第一个完全数,五线谱上的LA,埃及神殿里象征时间和空间的宇宙数字,佛教中并非巧合的六根六尘六识六欲——听起来振聋发聩,但我和heeeer把六抬上至高地位,只出于一个感性而低幼的理由:飞行棋。都玩过飞行棋吧,赤橙黄绿不同颜色的棋子从棋盘四方向中心进发,必须掷出六,才如同被解除封印一般，赢得了走出第一步的资格。

它是一种允许。

如果遭遇险境，渺小凡人有限的理智和直觉都无法决定，就交给骰子。

掷出六。

那件事发生的夜晚，一个周六，前后有周五和周日作为保护，对工作中的人来说，应该是最安全、隐蔽、不被打扰的一天。凌晨一点二十六分，heeeer掷出了一个六。我茫然对着手机。两分钟后，她发了一个仅我可见的朋友圈，全黑。我点开右下角熟悉的图标，赞或评论，不知该按哪个。过了一会儿，heeeer关机了。

这是不详的信号。手机已经成为我们随身携带的器官，悬挂在身体之外的心肝脾肺肾。忘了从哪天开始，我再也没有主动关机，除非没电。关机意味着拒绝，拒绝问候，拒绝亲近，在灾难来临的时刻拒绝救援。断电，熄灭自己的电子心脏。

我紧张起来。就在这时，我想起了heeeer说过，她喜欢《霹雳贝贝》。贝贝是个特殊的男孩，1982年10月22日晚上九点，外星人乘坐飞碟，降临在他出生的医院。电影是1988年拍的，限于当时的服化道条件，外星人穿着一件手工缝制的亮银缀珠片镭射激光紧身连体衣，露出整张脸。一道红光闪过,贝贝天赋异禀,双手带电。他是人群中的异类,不能拉手,不能亲吻,不能和小朋友跳起欢快的舞蹈,大家一起拍拍肩。广告商让贝贝抱着一条鳗鱼,在海边有气无力地念,鳗鱼宝,鳗鱼宝,上天落地超人宝……而贝贝不想做超人。他从人体科学研究所逃出来,和小伙伴登上长城,对着天空大喊,宇宙人!你在哪儿?快来呀!我在等你!宇宙人!宇宙人!宇宙人!

某年某月某日 22:31
你想让超能力消失,融入集体,
变回一个普通的好孩子,还是
回归宇宙呢?

那个晚上,heeeer身上一定发生了可怕的事。她用死去的姿态在沙发前躺了一夜。我急得要命,又无能为力,最后决定就和她说说话。想象我的耳语化作声波,绵软地探进她幽幽暗暗、布满菌斑和霉点的潜意识深处。那里混沌未开,不分阴阳,湿涩的潮汐轻微搅动。别走,我说,不能离开。理由很简单,我也用它说服过自己。好不容易具有生命,灵魂栖息的这具肉体,从婴儿长为成人,千万个日日夜夜,演一出被时间稀释了的惊心动魄的变形记。不活到通透,自如,从琐碎的沙砾中提炼出黄金,我不走。

我想heeeer是听见了。周日下午,她突然翻身,带着一脸凹凸的地板印,在空荡荡的客厅里站立起来。仿佛地平线升起一座新的山。她饥肠辘辘,急迫激愤,充满生命力地径直冲往冰箱,找出上周没吃完的面包烤鸡酸菜香肠咖喱茄子纳豆洋葱牛油果橄榄菜鳗鱼丸小龙虾,挤爆一颗柠檬,拌了一大盘荤腥不忌茹毛饮血的杂菜沙拉。

第二天早晨,她如常下楼,在早点摊买张卷饼,多放甜面酱,免辣,撒两倍葱,紧紧握住,在上地铁前飞速吃完。钱是我帮她付的。她也替我买奶茶,点外卖,交房租。我给她缴水电,出网费,扫单车。她为我拉窗帘,盖被子,洗碗筷。我帮她按指纹,写假条,发邮件。我们交换日记,分享零食,共度生日。亲密得就像一个人。

也可以把像去掉——就是一个人。

因为上一个手机号不太吉利,我换了个新的。他们让我挑选,一二三四,五六七八,我选了一长串数字里恰好包含我生日的。如同一枚秘符,短暂而紧凑地嵌入其中,发出华丽的乐音,在一排平庸之辈间迅疾闪跳了一下。原先的号码要不要注销?他们问我。不了,我说。我同时拥有两个号码，像一左一右长两只手，对称的东西比较有平衡感。我喜欢一个大号，一个小号。一个新的，一个旧的。一个明亮，一个黑暗。一个向前，一个滞后。把自己劈成两半并没有让我分裂，反而增添了一种，前所未有的融合感。事情就应该是这样的，我十分肯定，人生在世，确实是需要两个号码。

于是，我创建了heeeer，一个全新的、未被污染的、新鲜洁净的身份。有工作以外的人加我，我就端起手机，切换账号，把heeeer调动出来。有一天我加了自己。那是天才的一天，灵光乍现，我发现没有人比heeeer更了解我，也没有人比我更了解heeeer。

那一刻，愤怒，孤独，寒冷，懦弱，被动，消极，自卑，痛苦，敏感，失望，勉强，脆弱……全都不存在了。我把heeeer的阴影抹掉，heeeer也给我带来光明。我们是彼此最好的朋友，共享一台手机，一具身体，一根手指，一幅镜像。

因此有一度，我真的认定，heeeer是唯一理解我的人，我也是唯一理解她的。

2020年

表演者

图书在版编目（CIP）数据

表演者/陆茵茵著. -- 上海：上海文艺出版社,2023
（单读书系）
ISBN 978-7-5321-8845-1

Ⅰ.①表… Ⅱ.①陆… Ⅲ.①短篇小说－小说集－中国－当代
Ⅳ.①I247.7

中国国家版本馆CIP数据核字(2023)第176796号

发 行 人：毕　胜
责任编辑：肖海鸥
特约编辑：刘　会　罗丹妮
封面设计：马文晴
内文制作：李俊红

书　　名：	表演者
作　　者：	陆茵茵
出　　版：	上海世纪出版集团　上海文艺出版社
地　　址：	上海市闵行区号景路159弄A座2楼 201101
发　　行：	上海文艺出版社发行中心
	上海市闵行区号景路159弄A座2楼206室 201101 www.ewen.co
印　　刷：	苏州市越洋印刷有限公司
开　　本：	1092×850　1/32
印　　张：	9.625
插　　页：	2
字　　数：	151,000
印　　次：	2023年10月第1版 2023年10月第1次印刷
Ｉ Ｓ Ｂ Ｎ：	978-7-5321-8845-1/I.6972
定　　价：	54.00元
告 读 者：	如发现本书有质量问题请与印刷厂质量科联系　T:0512-68180628